レイチェル・ジーンは
踊らない

レイチェル・ジーンは踊らない

Moonshine

illustration ボダックス

ICHIJINSHA IRIS NEO

CONTENTS

この作品はフィクションです。
実際の人物・団体・事件などには関係ありません。

レイチェル・ジーンは踊らない

プロローグ

レイチェル・ジーンは、ジーン子爵の次女。

特に何といった特技があるわけでなし、美貌があるわけでなし、目立った欠点があるわけでなし。

ある意味普通、ある意味つまらない。

ただ一点を除いて――。


「お父様、デビュタントのドレスは私が仕上げて良くって？」

ジーン家のささやかな居間で、レイチェルがニコニコと茶色いそばかすだらけの笑顔を父であるジーン子爵に向ける。子爵は苦笑いで娘を見つめる。ドレスは好きに仕上げたら良いと、半ば諦めてそう言った。

ジーン子爵、ハロルドは凡庸《ぼんよう》な、しかし堅実なやり方で領地をやりくりしてきた。

公用の書類の紙類を扱う領地では、良君と言うには凡庸な、しかし地味に有能な領主である。領地の騎士団長の縁者から妻を得て、その領地にしっかり密着した生き方は、領民から親戚の兄のような慕われ方をしていた。

結婚後は二人の娘にも恵まれ、上の娘は領地の有力な商人に嫁した。下の娘も、身分にかかわらず堅実に幸せにしてくれるような誰かと結ばれることだけを小さく望むような、そんな男だった。

妻を流行病《はやりやまい》で亡《な》くし、勝手に優しい恋人を見つけてきた長女を快く嫁に送った後、子爵は次女レイチェルには何も求めていない。婿はとらずに爵位は甥《おい》の一人にでも嗣《つ》がせて、二人で田舎《いなか》の領地に引っ込んでも良い。平和で牧歌的な領地で好きなことをして生涯過ごすのも良かろう。

何せレイチェルは地味な上に風変わりだ。無理に婿なぞ取らなくても良いと、優しい、そして現実的な父は、子鹿のように跳ねながら、自室へ向かってゆく娘の後ろ姿を見送りながら、ふう、と小さく息を吐いた。

レイチェルは上機嫌で彼女の小さな部屋に向かう。

(お父様も良いとおっしゃってくださったし、やっぱりもう少し装飾を増やしましょう。あと刺繍《ししゅう》も余分に。あ、時間があるかしら？　東の紋様を入れてみたらどうかしら。初めてだし)

別に贅沢《ぜいたく》なドレスではないが、ジーン子爵は領地のそれなりのサロンで作らせたまあまあのデビュタントドレスを用意している。仕上げなぞ必要はないが、これは風変わりな娘と父ではよくある会話であった。

手芸はレイチェルの趣味だ。屋敷中の布という布に妙な模様を縫ったり身に纏《まと》ったり、少々いきすぎではあるし、妙な模様ばかりでちょっと禍々《まがまが》しいのだが、母を早くに亡くした娘の趣味に、子爵は大変寛容である。また実際のところ、子爵も嫁いだ姉のライラも、手芸のことも魔術のこともあまり知識がなく、レイチェルの趣味がどの程度常軌を逸《いっ》しているのか皆目見当もつかずにいたのだ。

　レイチェルは、自宅の横の敷地にある王立魔法史資料館に、子爵令嬢というささやかながらも身分があることで、出入りを許されている。まだ文字も読めなかった小さい頃から、この古い資料館はレイチェルの大切な遊び場だった。この資料館は、資料館としては実に立派なものではあるが、収蔵本は非常に堅い内容の、この国の魔法史に関わる資料や文献ばかりであり、また半数の蔵書が古語や外国の言葉であることから、自然ほとんど人の出入りはなく、週に二、三人資料を取りに来た下級の魔術官吏や、学生の出入りがあるくらいだ。

　レイチェルはこの建物のステンドグラスが大好きで、またこの静謐《せいひつ》な空間が大好きだ。

　姉のライラは社交的な性格で、少女らしい華やかなことが好きだったので、レイチェルのこの秘密の遊び場のことは知ってはいたが、興味はなかった。レイチェルがなぜ王子様も出てこない、煌《きら》びやかな装飾もない本を、そんなにも熱心に読んでいるのかと、ライラはいつも首を傾《かし》げていた。

　レイチェルの部屋は大変手の込んだレースのカーテン、美しい刺繍の施されたベッドカバー、溢《あふ》れるような煌びやかで細緻《さいち》な装飾の花瓶敷、そしてキルトの数々で、さながら小さな宝石箱の様相だ。

　それらは、大陸ではお目にかかることのできない希少な意匠と細密に施された職人技で、複雑な術式、魔法陣が縫い付けられてある。薄くではあるがそのそれぞれが発動した綺麗《きれい》な魔術によって、レイチェルの部屋は神殿の中のように清浄な空気に満ちている。

　その全《すべ》てがこの地味なレイチェルの手によるものなのだ。

一般的に貴族令嬢というものは、刺繍など己の美的感覚を見せつける手立てであるものを嗜《たしな》むことが勧められる。レイチェルもその例外ではないが、レイチェルは子爵令嬢の嗜みにしては情熱的に――いや、異常と言っていいほど手芸、そしてその縫い取りに使用する「魔術紋様」に情熱を燃やしていた。

そしてその魔術紋様を施した手芸こそが、地味で平凡なこの令嬢の、唯一にして非凡なる才能であった。

本人はその価値すら知らないであろううちに古《いにしえ》より伝わり今や絶えた王家の紋様を実にひっそり復活させ、レース編みにして鍋敷にしている。どこぞの魔術士が目にしたら失神ものだが、スープが冷めにくいと使用人には好評の鍋敷だ。

他にも南の領地に密《ひそ》かに伝わる祝福の紋様をキルトに仕立て上げ、その複雑な魔術を発動させた後は、無造作に幾多のクッションの山に埋めていたり、お人形の髪の毛を資料館の本で見た通りに複雑に編み込んだため魔術が展開してしまい、うっかり動くようになった人形を見たレイチェルの侍女が失神して、こってりハロルドに絞られたこともある。

レイチェルは彼女が興味の趣《おもむ》くままに作り出した手芸作品のその学術的、魔術的価値には気づかず、小さな彼女の宝箱のような部屋を飾ること、それだけを理由にせっせと古代魔術を復活させていたのである。

ささやかな、小さな子爵令嬢の部屋で。

第一章　デビュタント

（ここは芯を入れて浮くように束の文字をあしらいましょう。あ、襟口《えりぐち》は雪のようなレースが良いわ。確かまだ鍋敷用に編んだものがあったはずよ）

「お嬢様、またドレスを改造ですか？」

侍女のマーサは大きな目をパチパチさせて呆《あき》れて、紅茶を持ってきたトレイを机の上に置いた。気の良いマーサはレイチェルとさほど歳《とし》が離れていない上、弟妹が多いので、レイチェルのことも、可愛《かわい》い妹のように思いながら仕えている。ハロルドは、変わり者の娘によく仕えてくれるこの侍女に殊《こと》の外《ほか》感謝しており、帰省のたびにたくさん弟妹達用に絵本を持たせるのだ。

「マーサったら、改造だなんて。ちょっとだけ手を加えただけよ！」

布やレース、リボンやビーズでさながら玩具《おもちゃ》箱をひっくり返した様相の小さな部屋の中央には、もうあれやこれやと手を加えられて原形を成していないドレスが鎮座しており、そのドレスの裾《すそ》に這《は》いつくばって作業していたレイチェルが悪戯《いたずら》っぽく顔を出してきて、屈託なく笑った。

「お嬢様、改造も結構ですが、ライラ様のお茶ですよ。冷めないうちにどうぞ」

レイチェルの奇行はもはや屋敷の使用人には慣れたもので、おおらかなジーン子爵の方針もあり、貴族の令嬢にはふさわしいとは言い難《がた》いこの行いをとがめる者はいない。

レイチェルはごそごそとドレスの裾から出てきて、ようやく椅子《いす》に腰掛けて、愛する姉の送ってくれた紅茶を手に取る。オレンジの香りが高いこの紅茶は、商家に嫁いだ姉から時々送られる、レイチェルのお気に入りだ。姉は大層妹を可愛がっていたので、今も婚家で何か妹の喜びそうなものがあれば、送って寄越す。

オレンジの香りは、朝日のような輝かしい姉の弾《はじ》ける笑顔を思い出す。母に似た美しい姉は平民の、出入りの貿易商のとても優しい跡取り息子と恋に落ちて、二年前に屋敷を出たのだ。

ライラは、レイチェルのもう一人の母とも呼べる優しい姉だ。年の六歳も離れた妹を、それはそれは大切にしていた。ライラはレイチェルと違って快活で、社交好きで、そして見目が美しい。姉妹は大分違う性格だが、お互いをとても大切にしていた。

ライラが下の弟妹を欲しがる頃にちょうど生まれたレイチェルのことを、自分のために産んでもらった赤ん坊だと小さなライラは固く信じており、どこに行くにも何をするにもレイチェルを連れたものだった。そんなライラは「小さなママ」という呼び名で貴婦人達から随分可愛がられていて、子供連れのパーティーでは子供のテーブルではなく貴婦人の席を用意してもらったことも今では良い思い出である。

ライラが嫁いでしばらく、レイチェルは寂しくて自室に籠《こ》もって熊のぬいぐるみをきっちり三百体仕上げたのには流石《さすが》にハロルドもオロオロしたものだ。結局熊を仕上げたらスッキリしたらしく奇行は収まり、三百体の熊は皆、領地の病院と孤児院に引き取られていった。

今度のロートレック伯爵の夜会には、平民となった姉は招待されていない。ライラはレイチェルのデビュタントに立ち会えないことを、とても残念がっていたものだ。

「ありがとう、マーサ」

ゆっくりと紅茶に手を伸ばす。

「マーサ、お姉様のお加減はいかがかしら。もう三ヶ月もお会いしていないわ」

「初めてのお子様をご懐妊ですからね。もうかなりお腹《なか》も大きくなっておられましたよ。つわりもすっかり落ち着かれたとか。そうそう、レイチェル様がお作りになったお守りがよく効いたとか」

レイチェルは王立図書館で見つけた、北の異国の安産の神の名前を象《かたど》ったビーズのブレスレットを編んで、つわりのひどい姉に送っていた。遠くに暮らす姉に、せめてもの心を込めて。

「お姉様は本当に妹贔屓《びいき》ね。私が作ったものなら、きっとなんだって効き目があるのよね。お姉様のお友達にも作ってほしいとかおっしゃっていたけれど、私の作ったものの効果があるのは、お姉様とお父様と、それからアーロンお義兄《にい》様くらいよ」

ライラの夫である義兄のアーロンは芸術家肌な男で、アーロンの代になってから美術品や珍しい織物、不思議な香《こう》りの香などの取り引きで家業を広げており、レイチェルの妙な趣味についても大変理解がある。

初めてアーロンが子爵家の屋敷に挨拶《あいさつ》に来た時は、奇妙な柄《がら》のレース飾りだのクッションだのに囲まれた客間に苦笑したが、その意匠の面白さと、細かい技に実に感心し、その玄人《くろうと》はだしの作者が他ならぬ自分の婚約者の妹だと知ってすっかり未来の義理の妹が気に入ってしまったのだ。レイチェルの掘り起こしてきた古い紋様のいくつかは、貴婦人用の絨毯《じゅうたん》のデザインに採用してもっぱら好評だ。レイチェルの作ったお守りや、刺繍《ししゅう》を施した手芸の作品を商会で貴婦人向けの商品として扱いたいと、冗談とも本気ともつかないことを遊びに行くたびに言われるのだが、レイチェルはただの身内贔屓だと、本気にはしていない。

「お嬢様、そうおっしゃいますけれど、先だって私の母に作ってくださった腰痛用のクッション、あれは大分効いて今では起きられるようになりましたよ。お嬢様がお店を開いたら、子爵様よりもお金持ちになってしまいますよ」

クスクスと冗談めかしてレイチェルのクッションの山から、マーサはオレンジの不思議な紋様の小さなクッションを取り出す。同じ模様の小さなクッションを、侍女の腰痛の母に贈ったのは、ふた月も前だろうか。

「東の紋様でね、神様のお力を通す力があるそうなの。東の治療師は、この紋様を思い浮かべながら、手を患者の痛む場所にかざしてお恵みを祈るのだとか。マーサのお母様には効果があってよかったわ！」

資料の少ない東国の文献を解読し、それを具現化して魔力を通し治療効果まで出すには、高度な外国語の読解力と緻密《ちみつ》な魔術の知識、そしてそれらをキルトにて物質化する、手芸のそこそこのスキルが必要とされるのだが、そんなことは全く知らず、ただ己の侍女の母の腰痛にその英知の限りを尽くすのが、レイチェルという風変わりな娘だ。

レイチェルにはそもそも、まるで魔力がないのだ。

魔力がないことは平民の間では珍しいことでもないのだが、生まれながらの貴族で魔力を持たないレイチェルのようなケースは非常に稀《まれ》だ。

レイチェルがまだ子供の時に、貴族の子弟の義務である神殿での魔力測定とやらに一応参加したのだが、何の属性にも何一つ反応しなかったのは、会場に百人はいたであろう子供達の中で、レイチェルたった一人だけだった。

魔術に強い憧れのあったレイチェルは、残念だったり一人だけ魔力がなかったことが恥ずかしかったりで、一晩泣き伏したものだった。

ライラは少しだけ水の魔力があるらしく、魔力測定後に訓練して水を温めたりすることができるようになったので、それはそれはレイチェルは羨《うらや》ましかったことを覚えている。

どうしても魔術が使いたいレイチェルは、魔力がなくても、その形状そのものから魔力が発生して発動する魔法陣や、紋、祝詞《のりと》や呪文などを工夫して、しかも手芸にして、生活用品として使えるようにしているのだ。

「お店も素敵だけど、私デビュタントのドレスを早く仕上げなくちゃ！　いろいろ試してみたかった模様があるのよ！」

✣✣✣

王宮の東の庭園では、今が盛りの美しいライラックの花が目に麗《うるわ》しい。ため息が出るほど美しい花々が競うように咲き誇る中で、和《なご》やかに、第二王子主催のお茶会が開かれていた。

招待にあずかった花のように美しい貴族のご令嬢はみな、頬《ほお》を薔薇《ばら》色に染めて、女神の作りし彫刻と称されたほどの美貌の第二王子とのお茶会に、夢心地だ。

お茶会の間ずっと完璧な微笑《ほほえ》みを湛《たた》えていた第二王子ジーク・ド・アストリアは、お茶会の終わりを名残《なごり》惜しそうにして庭を退出するご令嬢を丁寧《ていねい》に見送ると、ようやく微笑みを止めて、深く椅子に身を沈めた。

これで今日は通算四人目だ。

ジークは大きなため息をついた。

どうやら貴族令嬢社交マニュアルには、まず天候そして庭、それから先週の劇場の出し物についてコメントすることが義務となっているらしい。

誰だ。誰がマニュアル作った。そして全員同じ講師についているのか。

全く同じ内容の会話を四人連続で話をし、もうどの令嬢がどの令嬢でもどうでもよくなってきていた。本当にうんざりする。目の前で教えられた通りであろう会話を一生懸命に展開する令嬢に、なんとなく憐憫《れんびん》の情さえ覚えてくる。

　次に何を言うのか、このコメントにどう対応してくるのか、そして去り際になんと言ってくるのか。何もかも予想できる。そしてどの令嬢も全く同じ反応で、次の五人目の令嬢など会わなくてもこちらで全ての会話が完了するくらいだ。二人目以降からはもう心が石になったままで、それでも完璧な笑顔と完璧な会話運びで義務を終えた。幾人かの令嬢は、演じられた王子に恋に落ちたであろう。巷《ちまた》のロマンス小説さながらの美しい王子は、完璧な王子の皮をかぶる訓練がされている。

「殿下！　もう露骨っすよ。やる気あるふりくらいはしてくださいよ。さっきのは宰相のご令嬢でしょう。あんまり邪険にすると国家の問題になりかねませんよ」

　ゲラゲラと下品に笑う黒髪の男は、近衛《このえ》の隊長、側近のルイスだ。

「うるさい。どうせ気づいちゃいないよ」

　肩まできっちりと揃《そろ》えた、芸術品のような金髪をぐしゃぐしゃとかき上げてやる気のない返事を寄越す。心から不愉快だが、ルイスは意に介さない。

「しっかし、こうも同じ会話で同じようなドレスで同じ金髪にキラキラの青い目だと、誰が誰だったか俺でもわからねえ。誰でもいいんじゃないのですか？　もう劇場ではコーマリーアの追悼の演目は終わるらしいから、来週はもうちょっと会話の内容がマシになりますよ」

　大きなため息ののち、冷えきった紅茶をあおって、思い出したようにまたため息をつく。深いため息と共に、王子の正装である金モールのついた青いジャケットの金ボタンを乱暴に外して、ボタンが一つ一つ重量を持って、最高級の青い布地から離れていった。

非公式のお茶会とはいえ、相手はみなこの王国の有力者令嬢ばかりだ。王子といえど、正装を求められるのだ。

ジークは心底嫌そうな顔をルイスに向けた。ルイスは面白《おもしろ》くて仕方がないらしい。

「それにしてもこうも没個性だと、顔と名前を一致させるのも一苦労っすね。なんですか、最近の流行《はや》りの付けボクロまで同じだと、どうにもこうにもドレスの色くらいですかね、見分けがつけられるの」

「そのドレスの色ですら、同じにされたら全くもうお手上げだ」

そして不快に満ちた、本日何回目かのため息をつく。

「殿下、来週の伯爵家のデビュタントですか？」

「ああ、有力貴族の令嬢がまたごっそりデビューするらしい。いちいち俺が相手するらしいが、全員真っ白なドレスだろう、見分けなんてつくわけない。本当に頭が痛い。ああ、美醜はともかく、俺は個人が判別できる相手とゆっくり楽しい時を過ごしたいよ……」

真昼の空のような美しい水色の瞳をギュッと曇らせて、伯爵家の夜会の参加者リストをぼんやり思い出す。あー本当につまらない毎日だ。全く王子になどなるものではない。

やはりというか、通常運転というか。

ジーン子爵はデビュタントのドレスを纏《まと》い、ささやかな装飾品を身につけた娘を、感慨深くそして半ば呆れて、そして愛《いと》おしそうに眺める。

(レティシア、レイチェルも今日で大人《おとな》だよ)

亡《な》き妻に心で話をしたのは半刻《はんとき》も前か。

白いデビュタントのドレスを纏った娘は、娘らしく初々《ういうい》しさに溢《あふ》れ、地味な娘なりに可憐《かれん》な若い美しさで溢れていた。――が。

「あー、レイチェル、流石にちょっとやりすぎなんじゃないのか?」

「ハロルド様、私もお止めしたのですが……」

マーサもハロルドも遠い目をする。まあ誰が何を言っても無駄なのだが。

実際、レイチェルの多くはない手持ちのドレスの全てが似たような状況なのだ。

今日のレイチェルの装うドレスは、白いすっきりとした肩の開いたシンプルなラインのドレスで、良くも悪くも無難な、デビュタントにふさわしいドレスだった……はずだ。

目の前にいるレイチェルの纏っているドレスは、首まできっちり編み込まれたレース(なお、屋敷の鍋敷と同じレースであるのはまだハロルドにはバレていない)と、そしてドレス中を舐《な》めるように謎の記号や紋様、外国の言葉で埋め尽くされている。

ご丁寧なことに白い布、白いレース、白いビーズの装飾でそれらを展開しているので、遠目にはただの地味なドレスにしか見えないのだ。近づいてよく見ると、ドレスは奇妙な柄に覆い尽くされていて、異様な体《てい》なのだが、少なくとも素敵な殿方にダンスにお誘いいただいた際に、このドレスによって令嬢の魅力が引き立つことはまずなさそうな、残念な仕上がりになっている。

まあハロルドは、レイチェルは生涯独身でも別に構わないと考えているので、目の色を変えて男の興味を引くような話題やドレスを用意しなくても別に良い。このデビュタントのドレスも、ちょっと禍々《まがまが》しいが、カットも色もマナーの範疇《はんちゅう》であり、少し風変わりな娘のデビューが、満足のいくドレスであれば、子爵は言うことは何もないのだ。

「レイチェル、君はとても綺麗《きれい》だよ。このドレスで満足かい？」

「お父様、もちろんですわ。最高のドレスをありがとう！　どう、マーサ！　ねえ素敵なドレスに仕上がったと思わない？」

マーサの前でくるりとドレスを翻《ひるがえ》してふわりと笑顔を浮かべるレイチェルは、とても満足そうだ。ドレスはともかくとして、はちきれんばかりの笑顔のレイチェルの可愛《かわい》らしさに、マーサもとても満足だ。

「お嬢様、とても綺麗ですよ。夜会の夜は、その可愛らしいお姿を見染めた王子様からダンスに誘われて、そのまま二曲踊ってしまったりするかもしれませんよ！」

夜会で二曲続けて踊るのは、婚約者の宣言。

マーサはとんでもない夢物語のような冗談を言うが、流石に領地を手堅く堅実に纏め上げているジーン子爵の現実的な目から見てそんなことはまあ、ないだろうというのが実際のところだ。

屈託なく好きなドレスを纏った嬉《うれ》しさで溢れている娘を、優しい眼差《まなざ》しでハロルドは見つめる。あれやこれやと紋様やら記号やらドレスを埋め尽くした装飾の説明をレイチェルから受けるが、内容は何も耳に入ってこない。

（レティシア、私達の娘は、風変わりな娘だねえ……）


魔法によってオレンジ色の光を湛えたまるで昼のような眩《まばゆ》いシャンデリア、氷でできた小さな城の中に収められた珍味や不思議なデザートの数々、大広間にさざめくように、波を作る美しく着飾った紳士淑女達。

毎年秋に、この年のデビュタントを迎える貴族の娘達は、この館の夜会から社交界入りをはたす。

ロートレック伯爵家はその役割を与えられていることを大変栄誉にしており、毎年凝った趣向の演出がなされている。伯爵家でこの伝統が始まったのは、五代前の伯爵が、時の王妹を夫人に迎えてからだという。

デビュタントの夜会では、その年にデビューを迎える娘達だけが白いドレスを纏うことを許されている。

会の最初に、白いドレスの娘達は壇上に呼ばれ、一堂に並び、そして一人ずつ王族より成人の祝福を受け、正式に社交界デビューとなるのだ。

(それにしてももの凄《すご》い数のご令嬢達ね……正直どのご令嬢のお顔も名前も覚えられる自信はないわ……)

昨年のデビュタント夜会が、南部の領地を襲った竜巻の影響で中止となったことで昨年デビューし損ねてしまったご令嬢も、みな今年の参加となった。白いドレスの娘達で、今年の会場はさながら百合《ゆり》の谷の様相だったといえば聞こえは良いが、良縁を求めて必死に自分を売り込んでいる娘達とその親にとっては白い戦場である。

特に、第一王子が結婚し、国王代理の責を担い、その第一子が今年中に誕生するという盤石《ばんじゃく》の王政の中、未《いま》だに独身を貫いている第二王子とその側近はみな独身で、あまり妃選《きさき》びに熱心でないこともよく知られている。

好みの娘が現候補の中にいないのであれば、今年デビューの娘達の中から見染められる可能性もゼロではない。

娘達は今日のためにダンスの腕を磨き、肌を手入れし、少しでも美しいドレスを求め、王都の仕立て屋はどこも上を下への大騒ぎであったらしい。

レイチェルはそんな会場の喧騒《けんそう》もどこ吹く風、珍しそうに会場のあちらこちらに仕掛けられた魔術に驚いたり、カーテンに施された見事な王家の紋章の刺繍に嘆息したりと、それなりに忙しい。そんな中、会場に高らかなトランペットの音色《ねいろ》が響いた。

「レイチェル、あれが合図だよ。行っておいで」

取引先の男爵と話をしていたハロルドは、ニッコリ笑ってレイチェルを促す。

「お父様、行ってきます！」

「楽しんでおいで」

おどけて父に兵士のような敬礼をし、レイチェルは小鹿のように跳ねて、白い娘達が集まっている壇上に向かった。


おおよそ五十人くらいはいようか。それぞれ鈴蘭《すずらん》や百合や、薔薇のように美しく着飾った娘達の、ちょうど四十人目くらいにレイチェルも並ぶ。

身分の順から並ぶらしいが、入場の際に渡されたデビューの腕章に数字が記されており、その腕章をつけて、白い娘たちの列に並ぶのだ。

レイチェルは基本ちっとも社交的ではない性格の上、魔法史資料館で日がな過ごしているので、同じ歳くらいの娘の友達はほとんどいない。壇上に上がったら、王族の開会の宣誓まではボーッと祝福とやらを授けられるまで、ポーズを決めて待っているしかないのだ。

（しかしすごいわね……）

高位貴族に縁もゆかりもないレイチェルは、列の先の令嬢達に目をやる。

皆一様に高く結った金色の髪に宝石を飾り立て、目元に付けボクロをつけている。最高級の絹で素晴らしいカットのドレスはどれも王都の名サロンの手によるものだろう。人形のような完璧な美に、ほうっとため息が出る。

レイチェルは、もはや同じ人類とは思えないご令嬢達を遠慮なく眺めていた。

今年一の規模の夜会だけあって、未来の花嫁候補になりえる令嬢を一目見てみようと鼻息の荒い貴族の子息が客席の前列を埋めて、その後列に娘の晴れ姿を見ようとする親達が輪を作る。

(今日はとっておきの素敵なドレスですもの、楽しみましょう!)

高らかにトランペットが音を奏《かな》でる。

「第二王子、ジーク・ド・アストリア殿下のご入場です」

トランペットの音がやむと、会場は静まりかえり、大股で一人の威風堂々とした、若い男が入場し、壇上の真ん中の貴賓席に歩み、ぐるりと見目麗しい側近達がその席を囲む。堂々とした、何者も追随を許さないその態度は流石の生まれついた王族の貫禄《かんろく》だ。

第二王子、ジーク・ド・アストリア殿下。肩まできっちり切り揃えた金髪、昼の青空のごとく美しい水色の瞳。美貌の母君である王妃に大変よく似ているが、実際は軍務でその才能を伸ばしてきた。今日は軍の参謀としての正装をしており、黒い制服に赤いラインが美しい。サッとマントを翻し、白い手袋に包まれた手を天に向ける。祝福の儀式の開始の合図だ。

ハロルドは、今日はレイチェルがまあ誰かと何曲か踊って、いいデビュタントの思い出になればいい。誰かの目に留まってくれたら御《おん》の字。

この時まではそれくらいに思っていた。

それがこんなことになるとは……。

✣✣✣

係が令嬢達を誘導し、殿下の元まで案内する。

どっかり腰をおろしたジークに、令嬢達は淑女の礼をとり、ジークからの祝福を受けるのだ。

ジークの後ろには護衛として、近衛隊長である、側近のルイス、副隊長のローランド、アストリア王国の魔法軍部隊・魔道院の責任者である、ゾイドが控えている。

「えっと一番目がウッドサイド侯爵の二番目の令嬢で、先週のお茶会に来ていたマーガレット嬢、二番目フォレストヒルズ侯爵の愛人の娘で、最近認知されたエラ嬢、その次が……」

ローランドは貴族の顔と名前を一致させる能力にかけては一級だ。

最近流行りの化粧でどの令嬢も皆同じ顔をしているようにしか見えないジークにとって、今日はどうしてもローランドにも護衛を担当してもらわなくてはいけない理由があるわけだ。

大きなため息をついて、ジークは令嬢達の訪れを待つ。

（早く終わんねえかな……）

ジークの心の声はバッチリとルイスには聞こえたらしい。

声を殺した笑いが忍び寄ってきた。

「殿下、まあそう面倒がらず。素敵な令嬢との出会いがあるかもしれないですよ」

「お前そろそろ不敬罪でしょっぴかせるぞ……」

ジークのイライラは最高潮だ。本来王か第一王子の受け持つ、デビュタントの祝福の儀式の仕事を今年に限ってジークが押しつけられたのは、父である王の意向だ。いつまでたっても結婚しない次男の出会いを思っての、大変迷惑な親心だったわけだ。

第二王子とはいえジークの王位継承権は高い。二年前に政略で決められていた婚約者である他国の姫君が急に儚《はかな》くなってより、その空席となった隣の席をと自分を売り込むご令嬢に、その親に、文字通り囲まれて、狙われて、毎日毎日出席が義務となっているお茶会ばかりの毎日に、もう心から辟易《へきえき》しているのだ。

ルイスには「さっさと誰か一人に決めてしまえば良いんですよ。流石に平民とのロマンスは困りますが、よほどでなければ陛下も自由になさって良いと仰《おお》せではないですか」などと言われたりもするが、どの令嬢も判で押したように会話の内容も、身につける衣装も、化粧の仕方までもほぼ同じだ。ほぼ全く同じような相手から、微小な違いを見つけてそれを愛して一生の運命を共にしろと、さもなくば適当に見繕った相手をあてがうからと言われ、ジークはただの人形にでもなった気分だった。

三年前、第二王子と同腹の、仲の良い第一王子が結婚し、王はその王冠を第一王子に譲った。在命の王から王位を引き継ぐ際の慣例通り、第一王子は三年間の国王代理の身分を経て、来年の年明けには第一王子は正式に、アストリア王の王位を継承する。そして未来の王妃である第一王子妃は現在、第一子を妊娠中だ。

　第二王子ジークの婚姻は、第一王子の結婚と王子妃の妊娠によって外交的なしがらみからはある程度、自由となった。そこに目をつけた国内の有力貴族という貴族が、この麗しい、若き第二王子に群がってきているのだ。

（さっさと終わらせて今日は飲んだくれよう。もう俺疲れた）

ジークはそんな内面は一切きれいに隠して、吟遊詩人がそう呼ぶところの「春の恵みの雨のごとく」美しい微笑を湛え、政務につく。

トランペットの音が鳴り響く。静かに一番目の令嬢の淑女の礼を受け、ジークは傍《かたわ》らに置いてある白い薔薇でできた腕輪を渡し、祝福を与える。

「女神の恵みがあらんことを。輝く人の道に光あれ」

頭《こうべ》を垂れて、令嬢は薔薇の腕輪を受け取る。

（あと四十九人……）

第二王子という仕事は、肉体と精神にくる。

「女神の恵みがあらんことを。輝く人の道に光あれ」

もはや棒読みの祝福なのではあるが、やはり王族の「祝福」を受けると、受けた娘達は一瞬光り輝き、今日の白いドレスと相まって、瑞々《みずみず》しい若い美しさが匂い立つ。

ジークにはどうでも良いことだが。

(あーさっきから前列でギラギラ令嬢見てるのはどこの馬鹿《ばか》息子だ。うわ、この令嬢は香水一瓶使ったか？　臭い……この令嬢はなんか堂々と壇上で俺を口説《くど》いてきたけど、俺って馬鹿にされてるよな……あと何人だ)

花のかんばせを一筋も歪《ゆが》めることなく、微笑を湛えたまま いろんなことを考える。

もう心が疲弊してきた頃、奇妙な魔力がゆっくり、だが確実にジークのいる壇上に近づいてくるのを感じた。

微笑みを絶やさずに、しかしキッパリと部下を呼ぶ。

「ゾイド」

魔道院の責任者は、ジークに呼ばれる前に横に控えていた。

「御心《みこころ》のままに」

表情を一切変えることなく答える。

「何が近づいている」

ゾイドはその赤い目をギラリと見渡し、告げる。

「魔力を持った何かが壇上に。東の古代魔術の魔力です。お気をつけください」

そして後ろに控えるが、ゾイドが体内に魔法陣を練っているのが感じられる。攻撃態勢だ。

(東の古代魔術？　攻撃力も少ないそんな古《いにしえ》の魔術をこの壇上で展開するなど、目的はなんだ)

先程まで半分眠りかけていたジークの目に光が宿る。

令嬢の一人がこの魔力の源だ。目的はなんだ。

「ローランド」

「御意《ぎょい》」

魔力の源である令嬢は誰だ。一見すると何一つ変化のない美しい壇上の貴公子達は、それぞれ臨戦態勢に入っていた。

(面白い。退屈していたところだ)


目の前に立っていたのは、地味な茶色い髪に、今が盛りの七色に輝くメリルの花を飾った、小さな娘だった。高らかに宝石やティアラで金色の髪を飾り立てた娘達の中では大変地味だが、可憐で、ジークは少し、好感を持った。

「女神の恵みがあらんことを。輝く人の道に光あれ」

薔薇を手渡す際にレイチェルの近くまで王子は近づいた。流行りの付けボクロもなく、香水もつけていない。柔らかなメリルの香りが鼻先をかすめる。

そしてどうやらドレスの表面に薄く魔力が走っていることに気がつく。遠目では気づかなかった、ドレスの表面を埋め尽くす、妙な縫い取り飾りにも。

（これは……袖《そで》にあるのは古代のモンの意匠だな。これが魔力反応していたのか）

（裾には東の古代語だな……ええと、訳は……誉あらんことを、夜の鷹《たか》と暁の明星《みょうじょう》、いと高き者……

それからなんだ。裏に回らないと見えない）

ジークは乙女《おとめ》に授ける定型の祝福を与えた。

魔力はこの小さな娘からだ。間違いない。

（（来るぞ））

全員身構えて攻撃を待つが、目の前の彼女からは呪いが発生するでも、攻撃魔法が錬成されるでもない。

ゾイドは体内で錬成が完成した魔力の行き先を持て余していたし、ローランドはその知識をフル回転させるが、小さな堅実な領地を地味に管理する子爵の娘だという情報以外持ち合わせておらず、ルイスは刀のつかに掛けた親指を離して良いものかと、皆混乱していた。

そんな壇上の男達の混乱なぞつゆ知らず、レイチェルは教わった通りに薔薇を受け取り、作法の通り、若干緊張気味に壇上を去る。

ふとジークは、ゾイドの顔を見る。

ゾイドは、ほぼ呆気《あっけ》に取られた顔をして、その赤い目を見開いていた。

感情の読めない顔ばかりしているゾイドが、こんな子供のような腑抜《ふぬ》けた顔をしているのは初めて見た。

「ゾイド」

咳払《せきばら》いしてこの優秀な魔術士の意識を戻す。

ハッといつもの無表情に戻ったゾイドは、冷静に状況を分析した。

「殿下。何も発動しませんでした。何も意図していないかの様子です。ですがそれにしては陣の作り込まれ方が複雑で、小憎らしいですね」

ローランドが耳打ちする。

「殿下、あれはジーン子爵の次女です。子爵の領地は公用の事務の紙類の生産で安定してますが、それ以上でも以下でもありません。悪い噂《うわさ》もありません。上の娘は平民に嫁いだとか。そもそも殿下の横を狙うのであれば、化粧や香水をもうちょっとくらい強くするでしょう」

ルイスも呟《つぶや》く。

「体術どころか、かかとの高い靴で歩くのもやっと、殿下に危害などとても、といったところか」

(((一体なんだったのだろう)))

貴公子達は、全くこの地味な娘に、心底度肝を抜かれてしまったのだ。

(うわ――――！　緊張した！　緊張したわ――――!!)

レイチェルは受けとった白薔薇の腕輪を胸に、定位置に帰っていった。

(なんって第二王子殿下は美しい方なのかしら。側近の方々も目が潰れるくらい美しかったわ。ディエムの神話の神人ってきっとああいう方々なのね。いい思い出になったわ)

アストリア王国の創世記に、ディィエムという神の国の神人達の話がある。その身は芳《かんば》しく香り、この世の物たらぬ音楽を奏で、黄金のような肉体を持ち、輝くほどの美貌を誇り、空を舞うことができるらしい。神人は争いのない世界で平和に暮らしていたという。現王族にはディィエムの神人の血が流れていると言われ、皆々大変見目麗しい。ディエムの神人の如《ごと》き、とはよくこの国では使われる賛辞だ。

最後の令嬢が祝福を受け、また高らかにトランペットの音色が響く。その音を合図に弦楽団が優雅なワルツを奏でる。ロートレック伯爵夫妻がホールに滑り出し、流れるようにワルツを踊る。王都のデビュタント夜会をもう数代にもわたり催す栄誉の伯爵家である。夫妻ともかなりの腕前だ。余裕たっぷりの体さばきで招待客を魅了する。

夜会の開会の合図だ。

令嬢達は壇上を下り、それぞれ思い思いの相手とダンスを踊り出す。招待客も少しずつワルツの調べに体を預ける。会場はさながら白い蝶《ちょう》が放たれた花園の様相だ。

レイチェルも父を探すべく、ドレスの裾を持ち上げて、壇上から、少々お転婆《てんば》に下りてゆく。

その小さな足が子爵の元に駆け出す前に、レイチュルの肩に、後ろから柔らかな絹の手袋の感触がした。

「私と踊っていただけませんか、美しい方」

振り返ると、そこには壇上にいたはずの、赤い目をしたディエムの神人が、いた。


(なんでこうなってるの？？　なんで私？？)

レイチェルはもう息ができない。必死でステップを踏んではいるが頭は真っ白だ。

赤い目の神人は、ゾイドと名乗った。

ゾイドはとってつけたように、貴女《あなた》がとても美しかったから、と微笑みを浮かべて、レイチェルを呼び止めた理由を語ったが、それを鵜呑《うの》みにするほどレイチェルもおめでたくない。

周囲の目も、何か面白いことが始まったぞ、と事の成り行きを興味津々に眺めている。

(どう考えても高貴な方のお戯《たわむ》れよね……私、手に汗かいてないかしら。こんな綺麗な人がこの距離にいらっしゃるなんて、もう生きた心地しないわ。息！　息の仕方！　どうするんだったっけ？？)

ほぼパニックを起こしながらも、体が覚えてくれているステップを踏みつづける。この時ほど好きではなかった、体が覚えてくれるほどのダンスのレッスンの日々をありがたく思ったことはない。ライラのダンスの先生がそのままレイチェルについたが、それはそれは厳しく、正直レイチェルはダンスのレッスンが好きではなかったのだ。

チラッと己の手を握る神人の横顔を確認すると、もうこの上なく整った美しい顔に涼しげな微笑を湛えてレイチェルを見つめる。だがどうもその笑顔の奥のルビーのような赤い瞳は、レイチェルではなく、レイチェルの何か、を見ているのだ。

（スカート？　を？　なんで？　見てるの？　袖も？　本当に一体何が目的なんだかよくわからない。早く解放して、お父様たずけてええ!!）

✣✣✣

（月の姉と太陽の弟、日はまた上り死して沈む……これはラペの古代の神話の創世記の一部、か。物騒な陣を張っているな……袖にはまた別の陣が。これは東の紋様？　スカートに張った魔術の上書きか？　いや、違うか？　ちょっともう少し近づいて……）

「……さま」

ゾイドはレイチェルのドレスに纏わり付いている魔力の正体を探っているのだ。

国内外のあらゆる古語や古代魔術の術式を専門とするゾイドは、このうら若き乙女の纏う謎かけのような奇妙な魔力にもう、なんとしても解析したくなってしまって壇上を下りてレイチェルを追いかけてきたのだ。

ゾイドの一族は国内では追随する者すらもいない、名高い魔法伯爵家で、その中でもゾイドは特に魔力が高い。

魔法伯爵家でも数世代ぶりに誕生した、高魔力による赤い目の男子とのことで、一族の英知を惜しみなく与えられ、まだ二十代も前半ではあるが、すでに魔道院の責任者であり、さらに王立魔術研究所の研究所長にも任命されたのはつい昨年のことだ。

少なくとも、次の十年は、ゾイドがアストリア王国の魔術界を牽引《けんいん》すると、もっぱら目《もく》されている。その赤い瞳、氷のような無表情、切れるような氷の魔術の魔術展開で、「赤い氷」と陰で尊敬をもって呼ばれているのはゾイド本人も知るところだ。

ゾイドは国内で誰も追随を許さない、稀有《けう》な高い魔力に恵まれているが、むしろその魔術研究への情熱が手のつけられないレベルで、自分の知らない術式があれば寝食を忘れて研究所に籠もってしまう。

「……様！　ゾイド様！　お戯れを！」

術式に考えを巡らしていたら、目の前の娘が大きな声を上げているのにようやく気づいた。茶色い髪の娘は少し震えている。

気がつくと周りが密《ひそ》やかにざわめいている。

(ん？)

娘はゾイドの手を払い、人混みの中に駆け込んでいった。

どうやら逃げられた。

東の紋様からの術式の内容は読み込めていない。祝福の類《たぐい》だが魅了も入っていた。

実に面白かったのに……。

いつの間にか後ろまでやってきていた友が、声を抑えて、だが耳元で怒鳴りつけてきた。

「おい、お前、気でもおかしくなったか！」

かなり焦った声だ。ルイスだ。

殿下を置いて持ち場を離れて何やってるんだ？

「お前、気は確かか、あの令嬢と二曲踊ったぞ、どういうつもりだ」

息を切らしてルイスは宣告する。

「二曲？」

「お前、あの令嬢と婚約宣言したんだよ、何考えてんだ仕事中に！」


娘の名前はレイチェル・ジーンというらしい。

正直言ってどんな顔だったかはよく覚えていないが、メリルの花の香りがして、確か茶色い髪の小柄な娘だった。王都の外れに屋敷を構えるジーン子爵の次女で、姉は平民のフェルナンデス商会の跡取りと結婚している。何か良からぬことを企《たくら》むにしては領地も家庭も安定しすぎているし、子爵家の力もささやかすぎる。とローランドは言っていたが。

「お前なあ！」

騒然とする会場の真ん中で、ジーン子爵令嬢に逃げられ、ぼうっと立っているゾイドの首根っこをルイスは掴《つか》んで会場から引きずり出して、ジークの控え室である貴賓室にしょっ引いて乱暴にソファに放り投げた。

「おいどうするんだ、会場は混乱の極みだし、どう後始末するつもりだ！　哀れな令嬢は失神寸前で逃げ帰るし。デビュタントしたばかりの、初めて会った娘をいきなり捕まえて二曲も踊るとか、本当に何のつもりだ。女を寄せつけなさすぎて気でもおかしくなったか？」

実際レイチェルが逃げた後の会場は蜂の巣をつついたような大騒ぎだ。

今年一番のスキャンダルとして明日には王都中に広まるだろう。

何せゾイドはその美貌、その地位、その能力その財産にもかかわらず、魔術研究を何より優先するあまり、降るようにやってくるあまたの縁談を全て断っており、振られた令嬢から恨みがましく「魔術と結婚した男」と揶揄《やゆ》されているのだ。

その前代未聞のロマンスのお相手が、今日デビュタントの地味な娘となれば、ルイスは明日からの社交界の格好の噂の餌食《えじき》になること請け合いの、ジーン子爵令嬢に心から同情する。

「あの娘、魅了の術式でも発動したのか？」

ジークは冷静に聞く。この大混乱の最中《さなか》で、ゾイドの不可解な行動の理由の推測をしているのは流石だ。

「お前に効いたとしたらあの娘は相当の術士だ。我が王家の対魔術団に入れてやっても良いくらいだ」

精神操縦の魔術は相当熟練の魔術士が、かなりの高魔力と魔道具を介してでないと発動しない。ゾイドほどの魔術士の精神を操る魔力の持ち主であれば、実際王家お抱えになっても全く不自然はない話だ。

しばらくの沈黙の後、ゾイドは冷静さを取り戻し、いつもの表情の読めない顔をジークに向けた。

「確かに何かの術式は組み込まれて、発動してはいましたが、どうもその回路が複雑で、今までに見たことがないものでした。魅了の術式も感じはしましたが、ささやかなもので、それを目的としたものではなく、しかし」

「全部読み込みたくなって、我慢できなくなって、ついうっかり二曲踊ってしまったわけか。あのドレスに組み込まれていた術式だろう？　相当近づいて見ないと縫い取りが読み取れないからな」

「ドレスの飾り縫いがあの妙な魔力の源であったのは間違いありません」

涼しい顔をしている。

「おい、そんなしょうもない理由で、二曲も踊るアホがどこにいる！　後でバルコニーにでも招待してドレスを見せてもらえばよかっただけの話だろう！　ついうっかりで、あの令嬢の未来を潰したんだぞ、お前！」

ルイスはテーブルを叩《たた》き、ほとんど絶叫する。

この男には来年デビュタントを控えた、とても可愛がっている妹がいるのだ。こんな魔術バカどもの会話には、耐えられない。

夜会で未婚の男女が、二曲連続で踊るのは、貴族社会においては、婚約発表という意味合いである。一年で一番大規模な夜会で、デビューの瞬間に大々的に話題の男と婚約発表ときたら、この先おそらく哀れなジーン子爵令嬢にまともな嫁ぎ先を探すことは難しいだろう。

「確かに厄介な話だ。前代未聞のスキャンダルだな」

「どうやらそのようですね。気の毒なことをしてしまいました」

相変わらず表情の読めない顔で、一応反省らしき言葉を口にする。

ジークはため息をつき、命令を下した。

「仕方がない、お前責任とって明日には子爵家に使いを出してあの令嬢と婚約してこい。一目惚《ぼ》れとか何とか言って、ついでにあの不可解な術式のことも探ってこい。ほとぼりが冷めた頃にお前が不能だとか泥をかぶって婚約破棄するしかないだろう。あとは俺がなんとか後始末してやる」

部下の不始末は上司である自分の不始末だ。大きくジークはため息をつく。

ああ、厄介なことになったなとゾイドは思いながらも、あのドレスに縫われていた謎かけのような不思議な術式と、そんな物騒なドレスをデビュタントの夜会に纏う変わり者の令嬢に会いに行けることに、明日がやってくることが待ち遠しいような嬉しいようなそんな気持ちで、ゾイドの口角は少しだけ、上がるのだった。

第二章　婚約者

翌朝。

アストリア王国きっての大貴族である、名門魔法伯爵家の名高き長子、ゾイド・ド・リンデンバーグ。先の大戦の英雄でもあるその美貌の第二王子の側近は、ささやかなジーン子爵家の客間に迎えられていた。

ジーン家の小さな客間などに、このような天上人が訪れる日が来るとは、人生とは実にわからないものだと、ハロルドはため息をついていた。

この貴公子が、昨日のレイチェルのデビュタントでの大事件を起こした張本人だ。

ハロルドは今日何度目かの深いため息を心でついて、それでも高位貴族への間違いない丁寧《ていねい》な扱いに注意する。

通常であればこの貴公子は、ジーン子爵には会話をかわす栄誉すら与えられないような雲の上の人物だ。

「で、娘との婚約をご希望とのことですが、随分急なお話、我が家はご覧の通り小さな領地をささやかにやりくりしておるだけで、娘も何も特徴のない平凡な、恥ずかしがりの娘でして。伯爵家の女主人としての社交や領地の管理などはとても望めたような娘ではなく、魔法伯家との釣り合いも、いいや、どうも現実的ではないお話かと」

ニコニコと子爵は人当たりのよさそうな笑顔を取り繕うが、腹の中では猛スピードでこの不可解な一連の出来事の裏を探ろうと、ありったけの可能性を弾《はじ》き出しているのだろう。

ゾイドは薄く笑ってこう答えた。

「愛の前には何も大事はありません。私は父の跡を継ぐ予定ですが、魔法伯家ですのでほぼ研究となります。ご存知の通り魔術士の一族は社交や領地経営などより、己の研究がもっぱらの仕事となりますので、特に伯爵家としては問題はありません。ですがジーン子爵が私では大切なご令嬢にはもの足りないとお考えでしたら……」

言葉を止めた。これはほとんど脅迫だ。

ゾイドは表情の読めない顔で、言葉だけはそれでも、一目惚《ぼ》れの青年を演じるが、正直レイチェルの顔もよく覚えていないので、どこに惚れたとか聞かれたら困るなと、腹の中では最低なことを考えていた。

己のしでかしたことを穏便におさめるのに、婚約が一番適当だったから、ただそれだけだ。

だが。ゾイドは笑いそうになってしまった。

何が平凡な娘だ。あんな術式を展開する娘はこの王国どこを探してもいるものか。

「滅相もない。そのようにおっしゃられては、何も私から申し上げられることはないのですが、ただ娘は一風変わったところがありまして」

ハロルドは降参した。そもそもこの哀れな男には、ここまでの高位の貴族の申し出を、しかも娘相手に昨夜大スキャンダルを起こされてから、婚約の申し出を断るという選択肢は残されていない。

「少し夢見がちと言いますか、趣味に没頭しすぎるきらいがありまして。嫁にはやらずに手元に置いておこうかと思っていた娘です。どうぞ一時の情熱に惑わされず、娘の人となりをよく見てやって、それからこれからのことを焦らずに二人で話し合ってください」

ハロルドの瞳の奥には、娘を思う一人の父としてと、そして晴れの日も雨の日も、己の人生を粛々と歩んできた年長者としての、輝かしい若者の未来を案じる光があった。

＊

――と、いうことで。

疲れきった顔の子爵が、無理に笑顔を作って娘に告げる。

「今朝お前の婚約が決まったよ」

やっと昼近くになって居間に起き出してきたレイチェルは、新聞に目を落として紅茶を飲みながら、どこか他人事《ひとごと》のように今朝の出来事と娘の婚約を告げるハロルドの言葉に、また卒倒しそうになる。

レイチェルは、昨夜はデビュタントの会場から逃げるように帰宅するなり、化粧も落とさずに、そのままベッドに倒れ込んだのだ。

「お父様、一体なぜゾイド様が私を？　私なんかを？」

レイチェルはショックのあまり大絶叫する。

何せ、世間的なことには全く疎《うと》いレイチェルですら、ゾイドの高名は耳にしたことがあるほどのお人だ。先の大戦の英雄、高い魔力による赤い瞳、王国一の才を誇る偉大な魔術士、大貴族・魔法伯爵家の跡取り。魔物のような人外の美貌を誇るかのお方を形容する言葉は、まるで空想上の生き物のごとく、鮮やかだ。片や、レイチェルは何の特徴もない、ただの子爵のただの次女。ゾイドとレイチェルとの共通点など、目鼻や内臓の数くらいしか思いつかない。

そんな天上人に熱心に請《こ》われてレイチェルの婚約が決定したなど、風邪《かぜ》をひいた時に見る夢でももう少し、現実味がある。

マーサがレイチェルの横をオロオロと右往左往する。マーサだって、レイチェルが、夜会でちょっと楽しい思い出を作ってきて、お菓子を食べながら色々思い出話を話してくれることぐらいを楽しみにレイチェルの帰宅を待っていたのだが、まさか王都の大物独身貴族との婚約を引っ提げて帰宅するなぞ、夢でも考えてもいなかったに違いない。

「私の方が聞きたいよレイチェル、お前は一体壇上で何をしたんだい？」

「知らないわ！　お作法通りに進み出て、お作法通りに薔薇《ばら》を受け取っただけよ！　ゾイド様とは一言もお話ししていないわ！」

婚約の翌日――実に夜会の翌々日の午後にゾイドは早速レイチェルに会いに子爵家を訪ねてきた。

王都は二人のロマンスの話題で大騒ぎだそうだ。いくつかのタブロイドをアーロンがハロルドに渡したが、レイチェルが読んだら卒倒してそのまま修道院に行きかねないような内容だ。

あの大混乱の夜会の後、即婚約発表という流れで、レイチェルはスキャンダルの不名誉から脱することができたが、今度は不落の大物独身貴族を一目で射止めた絶世の美女扱いとなっており……どちらにしても頭が痛い。全く社交の場に出てこない謎の令嬢（ただの引きこもり）と、期せずして、レイチェルは今王都で一番人々の興味を引く存在となってしまったのだ。

レイチェルは今、ゾイドを庭に迎えてお茶をもてなしている最中だ。

レイチェルは相も変わらず妙な縫い取り飾りで埋め尽くされた地味なドレスを纏《まと》って、緊張の極みなのだろうか、ぎこちない動きでカップを手元に引き寄せている。

(聞きたいことは、それこそ山のようにあるのですが！！！)

レイチェルはゾイドを迎えたはいいが、実は男性と二人きりでお茶をするのも初めてという残念具合である。

ガチャリ、と令嬢のマナーにはふさわしくないやり方で、紅茶のカップで音を立ててしまった。

もう何を飲んでいるのか味もしない。背中からはだらだらと、冷たい汗が流れてくる。

レイチェルは緊張も極度なのではあるが、流石《さすが》に子爵令嬢として、残念令嬢ながらも厳しく叩《たた》き込まれた作法通り、天気の話をし、それから昨日の訪問の礼を述べ、そしてゾイドの反応を待つ。だがゾイドは口を開かない。じっとレイチェルを見ている。

この魔物のような美貌の男が目の前に、しかも自身を熱烈に婚約者にと求めてきたのだ。なんでだ。本当になんでだ。心当たりは全くない。

レイチェルは心の中で絶叫するが、目の前の婚約者となったばかりの男の表情からは何一つ考えが読めない。男が口を開くのをじっと待つ。

赤いルビーのような瞳の奥には何やら熱が籠《こ》もっているのは感じられるが、色事に一切経験のないレイチェルでも、どうやらその熱が自身への恋情によるものではなく、何か、こう別の何かに対する熱情だと感じられた。

今度は音を立てないように茶器を捌《さば》きながら、そっと婚約者を観察する。

そして、思い至る。

(え、なんか服見てない?)

✣✣✣

(こんな面白《おもしろ》い陣は初めてだ!!)

ゾイドは、ここ二桁年代ぶりに大いに喜んでいたのだ。

(この袖《そで》の紋、南の海洋国の呪いだ！　こんなドレスを纏っていたら絶対海難事故にあうぞ！)

(髪飾りの紋はシト神の海難よけか。二つの術式を合わせて、わざわざ中和させてるのか、なんでこんな無駄に手間のかかることを！　ご丁寧に火の術式まで囲い込んで、水の術式が強いから、発動ができないのをいいことに、火の術式もこっそり組み込んでる。どこだ)

席についてからずっと無言でレイチェルの装いに施された術式の解析を始めてしまい、目の前の婚約者と一切言葉を交わしていないことに、まだ気づいていない。

(見つけた！！！　首筋のボタン全部だ！　ボタンの刺繍《ししゅう》が火の術式！　ああこんな面白いことは初めてだ！)

「あの……ゾイド様？」

あまりに返事がないので、何度目かにレイチェルがかけた声でようやく我に返る。

ああ、レイチェルとか言ったかな、この令嬢。どうやら俺は期せずして最高に面白い娘と婚約したらしい。

ゾクゾクする悦《よろこ》びに、震えそうだ。

初めて真《ま》っ直《す》ぐレイチェルの顔を見る。そばかすの顔には化粧はあまり施していないらしい。大きな目が印象的だ。茶色い髪の娘だとしか記憶していなかったが、よく見るとそれなりに可憐《かれん》で可愛《かわい》らしい娘だ。

ようやくゾイドは口を開く。

「レイチェル嬢、貴女《あなた》と婚約できて本当に良かった」

今度こそ、嘘《うそ》偽りのないゾイドの言葉だ。そして、赤い瞳を少し和《やわ》らげ、口の端に笑みさえ浮かべた。

「で、レイチェル嬢。聞きたいことが山ほどあるのですが」


まあそれから。ゾイドとレイチェルは、大変に話し込んだのだ。

レイチェルは結局ゾイドのことは何一つわかりはしなかった。なぜ夜会の日にあんな振る舞いをしたのか、大体ゾイドはなぜレイチェルと婚約を申し出たのか、それから趣味は、家族は、そういう会話は一切なしだ。

ゾイドも結局何もレイチェルの個人的なことは聞かなかった。二人は魔術のことで、それはそれ大いに盛り上がってしまっていたのだ。

「まー！　ゾイド様わかりました？　夜会の時のドレスは三重守護にしてみたんですよ、でも同じ系列の守護なんて工夫がないじゃないですか、だから祈祷《きとう》文と、紋と、あと一つはなんだったと思います？？」

「最高だよレイチェル嬢、あの祈祷文のあの部分を抜粋するなんて、並じゃないし、あの憎たらしい魔術の歪《ゆが》みは裏地にわざわざ歪みを生じる他の祈祷を入れてたのか！」

レイチェルとゾイドは二人にしかおそらくわからないであろう魔術オタクトークで、何時間も話し込んでいたのである。

レイチェルが資料館で少女時代のほとんどを過ごしたのは伊達《だて》ではない。王立魔術研究所でも、国内外、古き、新しきの魔術の紋についてここまで深い知識をもつ人材はそうそういない。彼女は手芸に使える紋にばかり知識が偏っているが、研究所の連中では考えられないくらいの遊び心で、考えつかないような組み合わせで魔術を縦横無尽に己のドレスに展開させているのだ。

「あれは全部白い糸だったので、色の力を頼れなくて結構大変だったんですよ」

「レイチェル嬢、刺繍に使用する色によって発動する出力が違うのか？」

「出力する魔力の質が違ってくるので、微調節するには色糸！　なんですよ！　でも今回裏が強くなりすぎちゃって、急遽《きゅうきょ》サイズを変えたんですよ」

「それは初耳だ。早速研究室で実験をしてみないと」

「あ、やっぱり薔薇色は魅了系に効きますよ。毒っぽい系統のは紫色だと術式に深く彫りが入れられたりしますね。アップリケの場合は、アップリケの芯に魔力を増強する祈祷を入れたら、出力した時の威力が三割増くらいになったり、色々手芸の裏技があるんですよ」

夕陽《ゆうひ》も沈みとっぷりくれた後ようやく、一見無表情のままのゾイドは、来た時と変わらぬ無表情で帰っていった。

「ああ本当！　に楽しかったわ！　またおいでにならないかしら」

顔面蒼白《そうはく》で側《そば》で控えていた、マーサの気苦労も知らずに、レイチェルは初めて趣味の戦友を得た気持ちでご機嫌な一日だった。

また、どころか。その後ゾイドは一週間も連続でレイチェルの元に通い続けたのだ。

⁂

(不思議なお方ね、ゾイド様って)

今日もレイチェルは、大変な多忙だと聞いているはずの、己の婚約者とお茶をして、その後ろ姿を見送ったばかりだ。

人が苦手なはずのレイチェルは、この一週間ですっかりこの天上人の来訪が楽しみになっていた。

その高い身分や、その氷の彫像のように美しいかんばせを前にして吐きそうなほど緊張したのは、初日だけだ。

レイチェルは、ゾイドがレイチェルに負けないほどの魔術への情熱を持つことを知ってから、ゾイドがやってくる日は、まるで恋する乙女《おとめ》のごとく、その日の装いに趣向を凝らすようになった。とは言っても、レイチェルのやり方で、だが。

ゾイドに見てもらいたくて、手持ちのドレスに余計に刺繍を施した術式を足してみたり、髪飾りに珍しい魔法陣を仕込んでみたりして、いつゾイドが術式に気がついてくれるかとウキウキ楽しみに待つのだ。

ゾイドが近くに魔術の気配を察知した時、その氷のような無表情の赤い瞳の奥に、小さな熱が点《とも》る。そして、赤い瞳を静かに左右に揺らして、レイチェルの仕込んだ術式の出どころを探し出すのだ。

術式を発見すると、少しだけ、ほんの少しだけ美しい白磁でできた人形のようなその頬《ほお》に、赤みがさす。

「見つけましたよ、レイチェル嬢」

ゾイドはそう言って、すらりと長いその指先で、隠された術式のありかをさし示して、満足そうに少し、笑う。

そして全《すべ》ての術式の組み合わせに、裏にどんな意図があるのかまでも、すぐに察知して、実に楽しそうに質問を重ねてくれるのだ。

レイチェルは嬉《うれ》しくて仕方がない。

今までどんな複雑な術式を展開しても、誰に何を説明しても、「よかったね」「そう」という声以外は聞くことができなかった。

レイチェルにとって、ゾイドは今や、己だけのものだった魔術の楽しみと喜びを理解して、一緒に楽しんでくれている、唯一にして最高の理解者となったのだ。

今日もゾイドを見送ると、そのままレイチェルはいつもの通り、子爵家に隣接している魔法史資料館に足を運んで、お気に入りの大きな一階の出窓に腰掛けて、山のように積んだ本に囲まれる。

レイチェルはもう、何年も午後のほとんどの時間をこうやって一人で過ごしてきたのだ。

光を背に、行儀悪く片足をついて本の世界に浸《ひた》る。

この時間はレイチェルにとって、至福の時間だ。

太古の知恵に触れ、異国の言葉で紡《つむ》がれた思いに触れ、遠い国へ、過去の世界に思いを馳《は》せる。目を閉じると、遠い海の国の姫君の恋物語が、かの聖なる山に咲くという、朝露に濡《ぬ》れた不思議な力を持つ紫の小さな花が、砂漠の国の神の英雄譚《たん》が、手に届くように思い描かれる。想像の世界にたゆたう。

その名残《なごり》を持ち帰って、図案化して、ドレスやアクセサリー、いろんな身の回りに手芸として落とし込む。レイチェルは愛する物語に囲まれて幸せだ。

魔術は、その美しい物語が図案化されたものなのだ。

その力そのものよりも。レイチェルは魔術が紡ぐ、その物語が好きなのだ。

結果として発生した魔法の力は、レイチェルにとってはおまけなので、あれやこれや組み合わせて相殺《そうさい》させたり増強させたりして一人で遊んでいるのだ。

目の前の古い資料に記されてあった、アストリア王国建国以前の古代の光魔法の術式を前にして、レイチェルの眼裏には、先程慌ただしく王宮に向かって帰っていった、人外に美しい男の顔がふわりと浮かんできた。

この術式の展開は初めて見る。

古代の非常に微弱な浄化の魔術で、とても単純な作りだが、現在のものと全く魔術の組み立て方が違う。

レイチェルの心が躍る。

(明日に着るドレスの襟《えり》に落とし込んでみましょう、こんな弱い浄化ですもの、汚れにくくなるくらいの威力だから、ちょっと襟に仕込むには、ちょうどいいわ)

そして彼《か》のお方はこう言うのだろう。

「見つけましたよ、レイチェル嬢。襟ですね。これは古代の光魔法ですか、お見事です。さあこれは何の目的の術式か、教えてくださいますか」

たった一人で誰にも理解されずに魔術の世界と戯《たわむ》れていたレイチェルの心の中に、同じ魔術への思いを馳せる、天上の人の姿が映るようになっていたことに、レイチェルはまだ気がついていない。

今日もレイチェルはいつもの出窓に腰掛けて、神話の世界に、精霊の世界にたゆたう。

光が眩《まぶ》しい。風が通りすぎ葉の音が湧き立つ。

(雨が近いのかもね……)

＊＊＊

ゾイドが報告書を提出すると、ジークはその空色の瞳を報告書に落として、しばらく沈黙していた。

ジークの執務室は、無駄に広い。執務室に配置された磨き上げられた美しい古いマホガニーの家具には、王国の歴史を記す、様々な王族の紋が彫り込まれており、寄木《よせぎ》細工のデスクには、太古の魔術のポーションの配合式が模様として嵌《は》め込まれてある。どれも即美術館の目玉になりそうな、一級の美術品だ。

ルイスやローランドはいつもジークの側近として執務室に常駐しているが、ゾイドは基本的に魔術研究所内に研究室があるので、あまり執務室には出入りがない。今日ゾイドは報告書の提出にやってきたのだ。ゾイドの表情は通常通り、陶器の人形のごとく固まったままではいるが、赤い瞳は楽しくて仕方がないという様相。あまり見慣れないゾイドの様子に、ジークは少したじろぎながら、報告書に目を通す。

「……ほう」

ジークの眉《まゆ》が動く。

「なかなか面白いことになっている様子だな、お前の婚約者殿は。その自信あり気な表情、いつも通りの澄ました顔を取り繕っているつもりだろうが、色々漏れ出ているぞ」

「ジーン子爵令嬢です。殿下」

ゾイドがかぶせる。この男の口から令嬢の名前が出てくることがそもそも珍しい。

自信顔、とジークが評したゾイドの顔にルイスは訝《いぶか》しげに視線をやる。長い付き合いの中で、この男の無表情な顔から感情が漏れ出るなど実に珍しいことだ。ルイスはジークから報告書を受け取り、こちらは表情豊かな男のこと、最初はつまらなそうに、そして食い入るように、そして最後は爆笑した。

「ははははは！　こりゃいいや！」

御前であるにもかかわらず、足をバタバタさせて悶絶《もんぜつ》する。

そして報告書を、心配そうに上役を見守っていたローランドに手渡すと、こちらは物静かな男だが、これもルイスと全く同じく、机に突っ伏して悶絶している。

「こんな面白い令嬢が王都にいたとはな！　星の並びの正しい知識から、古今東西の魔術の歴史、紋様化されているものならほぼ学者並の知識か。しかも魔術研究所では把握していない新しい術式展開の強化や相殺の方法を独学で編み出して？？　それで一人で遊んでるのか！　でも本人には魔力はほぼない？」

報告書最後のページに至ったら、もうルイスは爆笑で息ができない。

「ギャハハハ！　なるほど表情筋に問題のあるお前を、色々取り繕えないような顔にさせるわけだ！　なになに、レイチェル嬢からの聞き取りによると、お前とのお茶会で使ったポットの敷物のレース編みと、屋敷で使っている鍋敷に展開されてたレース編みが一緒で、それからあの夜会のドレスの首元

にも同じレース編みを使ってるだと？　道理で火の術式なわけだ。てことは、おいちょっと待て、デビュタントの夜会に鍋敷を着てきたのか！　あの令嬢！」

上位貴族の娘達の装いをこれでもかと見せつけられていたルイスは、どれだけ娘達が細心の注意を払って、そしてとんでもない金額を掛けてデビュタントの夜会の装いを作り上げてきたのかよく知っている。レイチェルは他の令嬢と同じ情熱を持って、とんでもない方向で彼女なりの最高を装ったのだ。

ヒーヒーお腹《なか》を抱えているルイスとローランドをよそに、

「その術式が発動しない程度の強度で、二重に別の国の水の術式をかけて、その上芸がないからと言って歪ませてましたよ。全くとんでもない計算と技術と知識の上にあの夜のドレスが作り上げられていました」

ゾイドは淡々と情報を紡ぐ。

地味な娘なものか。魔術を少しでもかじっている者であれば、この娘の大掛かりで繊細な、そして大胆で、派手な術式にもう目が離せなくなる。ただ惜しいかな、王都のデビュタントの夜会の参加者に、そもそもレイチェルの作り上げた術式に何かを感じ取ることができる高い魔力を持つ者など、第二王子とその側近くらいしかいないのだ。

「次に会いに行った日に纏っていたドレスも、その次の日も似たように色々畳みかけてくるような怒《ど》濤《とう》の魔術展開の装いで、気がついたら一週間も通い詰めていました」

しれっとゾイドは告白するが、事情を知らない外野にはもの凄い熱烈な求愛にしか見えないだろう。実際社交界ではもう大変な噂《うわさ》となっている。

「令嬢に大分入れあげているという噂は耳にしていたが、そんな面白い娘なら、毎日どんな装いをしてくるかを見るだけでも会いに行きたくなってしまうな！」

ジークは心底羨《うらや》ましくなって、心から呟《つぶや》いてしまった。何せ、毎日毎日のお茶会は本当につまらないのだ。同じような装い、同じ化粧、同じ話題。一週間も通い詰めてでも話をしてみたいなど、生まれてこのかたどのご令嬢にも感じたことはない。

「ローランド、お前資料館に返却する資料があったろ。ちょっと返却するついでにご令嬢の様子を見てきてくれ。この娘に本当に興味が湧いてきた」

✣✣✣

ローランドは、物静かで生真面目《きまじめ》で、そして大変有能な男だ。

古王朝派の有力伯爵家の長男として生を受け、出生時より非常に高い魔力を有していた。魔力の高い貴族の子弟を集めて英才教育を与える機関、通称「ギムナジウム」の出身だ。

近衛部隊に選抜されてよりは、その大変優れた記憶力が重宝されて、新人の頃からよく諜報《ちょうほう》活動の供に連れていかれた。

若くして第二王子の側近に任命され、昼夜問わず第二王子の手となり足となり活動しているのは、家柄と、高い魔力だけではなく、表には出てこない陰の功績の大きさもある。

ローランドには写真記憶と言われる、見たものをそのまま写真のように記憶する能力があるのだ。戦時では敵陣で展開された術式を完全に記憶して、紙に書き起こして発動の再現をして魔術部隊に情報を提供したりするのだが、一度見た顔は決して忘れないという能力の方が第二王子には大変役に立っており、こうして平時はよく人物調査に利用される。

ローランドは今回、ジークから言外に、レイチェルの人となりを探ってこいと言われているのだ。

ローランドが人物調査などの諜報によく駆り出されるのには、写真記憶の能力の他にも、その生真面目な性格がある。人物調査仕事の対象となった人間には、個人的な所見を介することなく、客観的な事実のみで調査書を埋めるので、ローランドの人物調査報告は、大変信用度の高い報告となる。あのゾイドの魔術馬鹿《ばか》では、面白い魔術を見せつけられたらもうそれ以外見えないと、ジークももうわかっている。ゾイドがすっかり使えない今、ローランドがこの仕事には、適任だ。

(レイチェル・ジーン子爵令嬢か、妙な術式をドレスにかけていたけれど、そんな面白い一人遊びしているような令嬢、何か良からぬことを企《たくら》んでるに決まっているだろう。ゾイド様はすっかり魔術のことしか報告がなかったけれど……)

ゾイドによると、あの令嬢は四六時中かび臭い資料館に籠もって、一人遊びに利用するための知識を古今東西からかき集めているらしい。

　王宮から半刻《はんとき》もゆっくりと愛馬を歩かせると、涼やかな風がそよぎだす。森が近い。

　小さな森を越えたその先の、すぐそこに魔法史資料館がある。ローランドは学生時代から、この資料館が好きだった。古いステンドグラスが嵌め込んである窓、元は王族用の修道院だったものを移築して資料館に改築していることもあり、全ての造りが重厚で、厳《いか》めしい。

　収蔵されてから幾十年も誰も触りすらしなかったであろう資料が高い天井まで埋め尽くす。歴史の長きを思わせるかびの匂いが鼻腔《びこう》に心地いい。滅多に誰も来ないこの静謐《せいひつ》な空間は、子供の頃から高い魔力を誇り、周囲の期待も高かったローランドにとって、数少ない、何からも自由になれる小さな安らぎの場だった。

　ローランドは学生時代の思い出にぼんやりと浸りながら、ある不自然に、気がついた。

（レイチェル・ジーン子爵令嬢は、あの滅多に人の来ない資料館に、四六時中籠っている……？）

　報告書の一文だ。

　あの資料館は、本当に誰も滅多に訪れのない、密《ひそ》やかで、静かな資料館だ。貴族のご令嬢が入り浸っていたとしたら、学生時代に、時々資料館に足を運んでいたローランドでも、その存在に気づいていたはずだ。

（では報告書の情報は、おおよそ誤りであるというわけか、だが万が一、情報が報告通りとすると、可能性として……）

　ぐるぐると、古い記憶を手繰《たぐ》り寄せながら、報告書の内容が本当だった場合について思考を巡らして、ようやく、ローランドは可能性らしきものに、思い至る。

（そういえば、行くたびに、いっつも一階の出窓で本の山にモグラみたいに囲まれている変な人がいたな……中の人にお目にかかったことはないし、きっと塔の研究者の変人か誰かかと思っていたが、まさか、あれがジーン子爵令嬢？　なわけないか……）

風変わりとはいえ、貴族の令嬢が、あれはないだろう。だがいつもあの資料館ででくわしていた人といえば、あの小山の中にいる、誰かだけ。だがまさか、いや、流石にあれはないな。やはり一度報告書の裏取りに、詳しい調査の必要がある。そう思い直して、ローランドは愛馬を進める。

木漏れ日が射《さ》し、風が通り、木々のざわめきを感じる。

資料館はすぐそこだ。


久しぶりに訪れる資料館は、ローランドの学生時代の頃から何一つ変わっていない。静謐な空間に、天井まで高く積まれた、かび臭い資料と、美しいステンドグラスの窓。ここだけはまるで時間が止まったような懐かしい、心地よい空間だ。ローランドは大きく息を吸い込んだ。

一階の出窓にも、時間が止まっているかのように、あの頃と同じ、懐かしい本の小山があった。気配を消し、出窓に堆《うずたか》く本で形成された、小山の側をそっと通りぬける。

そういえばあの小山の主が一体誰なのかなど、今まで考えを持ったことなど一度もなかった。それほど、あの小山はこの資料館の風景の一部として、当たり前の光景だったのだ。

本と本の隙間《すきま》から、ローランドは初めて、熱心に読書する小山の主の、幸せそうな横顔を捉えた。

まさか、がまさかでなかったことだけを確認した瞬間だった。

懐かしい、資料館での一人だけの、安らぎの思い出に、小山に囲まれて本を読むレイチェルの、幸せそうな笑顔がゆらり、と加わった。レイチェルは、もう何年も前からずっと、ローランドの安らぎの記憶の中に存在していたのだ。あの妙な本の小山の奥で。

そのままローランドは資料を返却して、レイチェルと言葉も交わすことなく、静かに資料館を立ち去った。

ローランドの調査に必要な情報は、それで十分だった。

(彼女は、ただ魔術を心から愛しているのだ)

何かの情報を集めている人間の表情というより、うっとりと本の世界の中にいたレイチェルの手元にあった本は、三冊だった。

モン国の農業用の害虫対策の魔法陣集の三百年前のもの、そしてモン古語とアストリア語対訳辞典。

それからモンの地図。

古い外国の魔術を利用しての害虫対策の本を、古語辞典まで引っ張り出してうっとり眺めているような令嬢に、どんな企みができるというのだ。

(それにしても)

愛馬を王宮にゆっくりと向かわせる。

（せめて神話の恋物語くらい読んでてほしかったな……）

害虫対策本を読んでいた、と報告書に書くのだ。ジークは爆笑するだろうが、うら若い令嬢の裏報告書の内容としては、恥ずかしいものではないかなと、少しレイチェルを気の毒に思ったりもする。

✣✣✣

アストリア王国は隣国のフォート・リー王国と緊張状態にある。川を隔てた両国の間の争いは、川の中洲《なかす》に位置する小島・女神の聖地、ルーズベルトの地を巡る歴史的に古い争いである。ルーズベルトの地は現在はアストリアの領地であるが、女神信仰を国教とする両国にとって、この地は歴史的に重要な聖地の扱いであり、このルーズベルトの女神神殿こそが、全ての女神神殿の総本山と考えられている。

宗教的には重要な地ではあるが、神殿以外には何もない、ただの小さな小島だ。

この神殿以外は何もない、小さな聖地の所属を巡って両国の間では歴史上に何度も争いが繰り広げられていた。

長年膠着《こうちゃく》状態にあった両国の関係性であるが、近年フォート・リーの王家にクーデターが起こり、王兄が血濡れた王位に就いた。新王はその地位を確固たるものとするため、その王位の正統性を内外に示すため、ルーズベルトの聖地の奪還を宣言したのだ。

王立植物園に植え付けられた毒草、ルーズベルトの遺跡地から見つかった呪いの魔法陣、両国を繋《つな》ぐ定期船であった小競《ぜ》り合《あ》い、アストリア国内有力貴族の不自然な動き。今年の王都のデビュタントは襲撃への最大の警戒がされていた。

不穏な動きは徹底的に調べる。

ジーク王子は「影」からの報告を受け取る。

ジーン子爵家の洗い出しだ。

ゾイドの報告書もローランドの報告書も爆笑ものではあったが、疑惑を払拭《ふっしょく》するような要素はない。むしろ疑惑は深まるばかりだ。

どこからどう見ても健全、地味、安定経営の子爵家。何一つ気になる報告はなかった。売り上げは毎年ささやかに右肩上がり。公文書紙の卸販売を生業《なりわい》とするジーン子爵家は、どこに繋がりがあってもなくても、特に財政に影響は出ない。上の娘の嫁ぎ先の商会の、そう多くはないフォート・リーとの取引は、ブルーベリーと調味料のみだ。売り上げの一割に満たない小口の取引。

ローランドから報告のあったレイチェル嬢が熱心に読んでいたモンの農業特産品はほうれん草。王都でも安価に生産できるため、輸入はない。うら若い娘の読書の趣味としては相当渋いが、害は報告書を読んだルイスが爆笑でしばらく使いものにならなかったくらいで、実害はなさそうだ。

だが「影」の報告書の最後のページが気になる。部下の婚約者となった令嬢、その人となりだ。

レイチェル・ジーン子爵令嬢。

社交界での気になる噂は、父、娘ともほぼない。

父は高血圧気味。

令嬢の社交界での交友関係は、ほぼなし。

特記されるべき功績、なし。

手芸が趣味で、日中ほぼ魔法史資料館に出入りしており、交際している異性は今までいないらしい。

好物はチョコレートで、一度に箱半分は食べられる。

魔力はなし。茶髪茶目、そばかす。

最近の一番の子爵領の出費は、二十年ぶりの屋敷のカーテンの交換。まとめ買いしたので格安。

貯蓄は並で、ほぼ半分が年利の良い国債。

つまらない報告書の、最後のページにはこうあった。

『令嬢の部屋が、不穏なほどに魔術に満ちており、王族への反逆者としての可能性が高い。状況証拠は黒。即刻取り調べを推薦する』

要約するとそんな内容だ。

ゾイドとローランドを調査に放ち、帰ってきた二人からは、ただの善良な魔術愛の行き過ぎた令嬢との報告を受けている。ゾイドは相変わらず楽しげに令嬢宅に通っているというし、ローランドはレイチェルの資料館での閲覧履歴を辿《たど》っているが、今のところ魔術への偏愛しか感じられないとのこと。

「会ってみるか……」

昨年秘密裏にもみ消された、ジークの暗殺未遂。

あの面白い令嬢が俺の命を狙うフォート・リーからの死神なのか、それともあの能力は女神からの盾なのか。

ニヤリと薄い唇を上げると、心を決める。

「レイチェル・ジーン子爵令嬢を呼べ」

第三章　王宮にて

（なんでこんな目にあってるのかしら……針持ちたい。本読みたいよう……夜会から変なことばっかり……）

レイチェルは本日は馬車の中。

目の前には己の婚約者となったはずの男。

とても話が合う男ではあるが、情熱的な婚約劇とは裏腹に、その赤い目に恋情の熱は感じられない。

だがゾイドは毎日毎日時間が許す限り子爵邸に通い詰めて、仕事が終わった後には必ず、時には始業前の時間までレイチェルの元を訪れる。今日は己の上司に自慢の婚約者を紹介したいと、まだ昼下がりだというのに、急にレイチェルの元を訪れて一緒に王宮に向かう羽目に。

レイチェルはゾイドと話をするのはとても楽しいのだが、大の苦手の社交にお誘いされてしまい、絶賛落ち込み中だ。

魔法史資料館にもゾイドが多忙でやってこられない日か、ゾイドを見送った後にしか行けなくなってしまったので、今取り掛かっている、新しい術式を手芸で展開する計画をずっと完成し損ねている。知らない人とのお茶なんぞに出かけるくらいなら、引きこもって針を持ちたいのだ。

「レイチェル嬢、ここからゆっくり馬車で半刻《はんとき》もかかりません。どうか緊張せず。気さくな方ですよ。きっとレイチェル嬢と話が合うはずです」

「はあ……」

「庭園は今薔薇《ばら》が見頃です。王妃が、王の誕生日に贈られた新種の薔薇が満開です。魔力で色を変えるので、魔術士達のささやかな悪戯《いたずら》で、毎日夜中に色が変えられています。今日は匂うような紫色でした」

なかなかロマンティックなお誘いを演出したとゾイドは自らに及第点を与えていたが、当のレイチェルは全くもって迷惑な話だ、と本気で思っているのだからつける薬もない。

王城は乙女《おとめ》の憧れ。

ましてや王妃の庭園にてのお茶会など、夢見がちな乙女であれば飛び上がるほど嬉《うれ》しいお誘い、の、はずである。


本当に憂鬱《ゆううつ》ではあったが、王妃の庭園は流石《さすが》の美しさだ。

庭園には今が盛りとばかり、紫の大輪の薔薇が咲き誇る。残念令嬢、もといレイチェルですら、目を輝かせて大喜びだ。

「今日は紫ですが、先週は黄色と緑でしたね。紫を作るには赤と青の複合の錬成が必要になるので、上級魔術士の仕業でしょう。そうなると大体犯人の目星はついてきます」

何やら宮廷魔術士の間では、誰が複雑な色を出せるかの遊びが流行《はや》っているらしく、ゾイドも色が二色の薔薇を作り出して、王妃からお褒めの言葉を賜ったとか。

「それは錬成の際に強度を変えて二重重ねにしたのですね？」

他意なく呟《つぶや》いたレイチェルの言葉に、ゾイドが一瞬息を呑《の》み、レイチェルを凝視したことに、レイチェルは気がつかない。

「三重にして、真ん中を一番水の要素にするとぼかしになって綺麗《きれい》ですよ！」

レイチェルは明日のおかずの話でもするかのような温度で続けた。

ゾイドは少し考えて、それから天を仰ぎ見ると、笑いを噛《か》み殺したように楽しそうにレイチェルに向かい、言った。

「レイチェル嬢、本当に貴女《あなた》という人は……上位の魔術士ですら仕組みがわかりかねたというのに、貴女の手にかかると、ほんの一瞬だ。本当に貴女にはまいりました。貴女といると私の存在の小ささを心から感じます」

ゾイドは心の底から感服したのだが、レイチェルはどこ吹く風といった様子で、

「あらゾイド様、大袈裟《おおげさ》ですわ。誰でもすぐにわかる仕組みですわよ」

穏やかにゾイドと会話を楽しんでいると、不意に後ろからドアが開いた音がした。振り返る間もなく、目の前に急に現れた人物の顔を見て、レイチェルは卒倒しそうになる。

いくらレイチェルでも、流石に王族の顔を忘れるほどに浮世離れはしていない。

そこにいたのは、アストリア王国第二王子、ジーク・ド・アストリアその人だ。

ゾイドから聞いていた今日のお茶会の主催は彼の上司、とだけだった。

すっかり忘れていた。

ゾイドは宮廷魔術士で、第二王子の直轄で研究をしているのだ。そうだった。婚約者の細かい職務の情報などすっかり興味がなかったのだ。

（そう言えば私、この人のこと何も知らないわ。ここ何週間もずっとお話ししていたのに）

思い返せば、ゾイドもレイチェルの個人的なことはほとんど聞いてきた覚えはない。レイチェルの好きな花、子供時代の話、お気に入りのお菓子。恋した男であれば必ず知っておきたいであろうことを何も聞かなかった。

ただレイチェルの術式を面白《おもしろ》がり、次から次に魔術の話をしてきた。

レイチェルにとっては大変楽しい時間ではあったが、果たしてそれが甘美な時であったかと問われると、大いに疑問だ。

まだ恋を知らないレイチェルは、それでもゾイドにとても好感を持っていたのだ。

そしてレイチェルは、この美しい婚約者が、己にちっとも、恋などしていないことに今更気づいて、なんだか騙《だま》されたような、失恋をしたような、泣きたくなるような気持ちになったのだ。レイチェルもゾイドに、恋をしていないというのに。

レイチェルは立ち上がり、スカートの裾《すそ》をつまみ、震えながら淑女の礼をとる。

「ジーク第二王子殿下、お目にかかる栄誉を女神に感謝いたします」

レイチェルは泣きそうになりながらも美しい挨拶《あいさつ》を遂げた。

ジークは威風堂々たる態度にて、どかりと上座に腰をおろす。美しい金髪が揺れる。

「ジーン子爵令嬢、堅いことはなしだ。今日は大切な部下の、話題の婚約者殿に会いたくてな。その溺愛ぶりは私の耳にも届いている」

レイチェルに、ジークの言葉が冷え冷えと響く。

「勿体《もったい》ないお言葉です。殿下」

感情のこもらない言葉でレイチェルは返す。

ジークはその空色の瞳で、やや不躾《ぶしつけ》にレイチェルを上から下まで観察する。

レイチェルは、今年まあまあ流行っている、どの令嬢も持っているような袖《そで》の膨らんだドレスを身に纏《まと》っていた。

水色のドレスは、茶色い髪に映えるわけでも見苦しいわけでもない。やや地味な、普通の貴族令嬢の、外出の装い。香水はつけていない。何やら柑橘《かんきつ》の良い香りがするだけだ。

日々お茶会に参上する令嬢達に比べて、全く目立たない地味な装いと言えるだろう。

だが、ジークは、ゾクゾクするような興奮に身を震わせていた。

(なんと美しい術式の組み合わせ……！　これはまるで音楽だ……！)

水色のドレスの一面に控えめに縫い取られた術式は、この国の女神、イシュトラルを称《たた》える讃歌。

白いありきたりの糸で綴《つづ》られたその古語は、四部の短い詩篇《しへん》で構成されている。四枚のパネルを使ったレイチェルのドレスのスカート部分には、その四部の詩篇が縫い取られており、薄い胸には、朝と夜を司《つかさど》るイシュトラルと、兄弟神のシンボルが小さく、しかし金の糸で縫い取られている。おそらくは意識的に選んだのであろう、安価なビーズでできたバングルに仕込まれているのは、そよ風が少しおこるだけの、それはささやかな、子供でも知っているようなありきたりの術式。

（ということは、髪飾りのリボンに仕込まれているのが緑の香り、耳飾りが雨の石、ここが香りに湿度を発生させている先、この装いの目的は……オレンジの香り、か……）

「フフフ……ハハハ、なるほど！　ジーン子爵令嬢、今日はオレンジの恵みの意匠を凝らしたのか。褒めて遣わす。見事な複合術式だ」

レイチェルは緊張で暗く沈んでいた顔をパッと輝かせる。

（この方！　魔術のお話ができるのね！）

どんなに心が沈んでも、魔術は魔術、術式は術式。

この美しい男が同志だというのなら、話は別だ。

今日は美しい晴れの日だ。

レイチェルは今日の装いには初夏の風と、初夏の香りのする仕掛けを施したのだ。魔力のないレイチェルでも術式を複合化すればささやかな風と香りを発生させることくらいはできる。

ライラからの、お気に入りのオレンジの香りの紅茶を飲んでいたからという簡単な理由でオレンジの香りを選んで、詩篇の女神礼讃の章の一つ、オレンジの満つ庭園篇の香りの記述部分のみ利用して、練り出した小さな柑橘の香りに、雨や緑、空の晴れた匂いを組んで、そっとささやかな風で送り出したのだ。

複雑で、そして地味で、魔術を愛している者でしか思いつかないであろう手の込んだ仕掛け。魔力持ちの、美しい装いを凝らすジークの周りに侍《はべ》る貴族令嬢にも、魔術研究所の魔術士達でも、こんな音楽を奏《かな》でるような複合術式を身に纏う、贅《ぜい》を尽くした遊び心のある者はいない。そもそもこんなことをせずとも普通にオレンジの香水を使うだろう。

レイチェルはすっかり機嫌を直してしまった。

「殿下！　あの！　そうなんです、本当であればイシュトラル詩篇でなくて、ゼロイカの豊穣の祝詞《のりと》を使いたかったのですが、祝詞で練るとどうも香りが強すぎて」

「いや、ジーン子爵令嬢、ゼロイカの言祝《ことほぎ》でも森林の香りとバニラを落とせば強すぎることはないだろう」

ジークはレイチェルの目の前の水のグラスを引き寄せて、水面上に何やら魔力で陣を作ると、青い閃光《せんこう》を放った。ビリビリと青い光を放った後、水は渦を巻いて一瞬にして蒸発した。あたりには芳《かんば》しいオレンジと、バニラと苔《こけ》の香りの霧に包まれた。

小さな虹になって霧散した芳香を呆気《あっけ》に取られて口をポカンと開けて見ていた。こんな優雅な魔法を目の前で見たのは初めてだ。

しばらく声も出せずに自失していたが、ようやく気を取り戻すと、今度は興奮で、

「殿下！　すごい！　すごすぎます！」

レイチェルは、この国の第二王子を前に、令嬢には決してあるまじき不敬さで、グッと拳《こぶし》を握って、腰掛けていた椅子《いす》を倒して、顔を真っ赤にして立ち上がったのだ。

「魔力を持っているって、なんて素晴らしいんでしょう！　私は魔力を持たないので、術式の展開で発生した薄い魔力を繋《つな》ぐことでしか魔法を使えないのです」

興奮したレイチェルは、目の前の男がこの国で最も高貴な人物の一人であることなどすっかり忘れている。

ジークは少し肝を抜かれて、ゾイドにそっと目配せを送った。

レイチェルのこの不穏なまでの魔術の知識と展開の仕方は、魔力を持たないまま何とか魔法を使うために工夫したものだ。

魔力を持たない者が魔法を使うには、魔力を込めた魔石を使えば済む話だが、魔石は安くはない、子爵家のカーテン代よりは高価だ。そして魔術を学習する者はほぼ魔力持ちで、魔力持ちの大抵は高位の貴族子弟。レイチェルのような存在は話にも聞いたことがない。

（白だ）

二人は結論を導いた。

（もしも王家に二心あるのであれば）

ジークは後ろで、何となく誇らしげな顔に見える赤目の部下に目をやる。

（まあこの国の第二王子を前にこの反応は、ないな……）

ローランドの報告書によると、ジーン子爵家には記録にある限り高い魔力を持って生まれた者も、嫁してきた者もいない。レイチェルの姉が、生活に少し利用できる程度の水魔法が使えることが、この地味な一族の魔力記録の、おそらくかなりの上位に記されるだろう。

魔法史資料館はたまたまジーン子爵家の隣にあるが、公文書紙の卸販売を生業《なりわい》とするジーン子爵家は、魔法紙も細々と扱っており、資料館がジーン子爵家の近くにあると色々と便利だった関係で、王家が設立したものだ。レイチェル以外のジーン子爵家の人間が、資料館に立ち寄るのは大体半年に一度の点検の際のみ。そこで王家の担当者が欠損が確認された書物の修理などを子爵家に依頼する。地味だけれども大切な仕事だ。

ジークの目の前で、興奮に震えて椅子を倒したことにも気がつかないでいる令嬢は、報告書の結果通り、本当にただただ魔術を愛しているのだろう。

第二王子に媚《こび》を売るも、悪意を向けるも、なにもない。自身が展開できかねていた術式を魔力で披露した男に対する大いなる称賛。それだけだ。

クック、と声を殺した笑いがする。

（この娘は最高に愉快だ）

「レイチェル嬢、これは妬《や》けますね」

ゾイドはレイチェルの椅子を戻して、興奮のあまりまだ立ったままでいる腰を落とさせる。そしてレイチェルの固く結ばれたままの拳をそっとその大きな手に包むとこう言った。

「魔力による魔術なら、殿下よりも私の方が得意ですよ。何からお目にかけましょうか」

取り調べは終わった。この娘に必要以上に近づくな。そういった言外の意味を込めて、レイチェルとジークの間に、先程ジークが発生させたオレンジの霧を物質固定化させて、白い小さな花の雨に具現化させる。

「美しい貴女に」

ゾイドは降り注ぐ白い花を拾い、一輪をレイチェルの髪に飾る。表情の見えないその顔に、微《かす》かに笑みが紡《つむ》がれた気がした。

⁂

「と、いうことだったのよ」

久しぶりに侍女のマーサと一緒に、レイチェルは自身の小さな部屋でオレンジの香りの紅茶を楽しんでいた。

王都を騒がせた婚約劇から二ケ月、怒涛《どとう》の毎日でゆっくりマーサと話をする時間もなかったのだ。

「そんな美しいお庭に、王子様と婚約者様とお茶なんて！　お嬢様、どんなお菓子でした？　もっとお聞かせくださいな」

マーサはレイチェルよりも夢見がちの乙女だ。興味津々でうっとりと王宮の様子を聞いてくる。

「次があればマーサも一緒に来ていいか聞いてみるわ！　お庭に伺うサロンの絨毯《じゅうたん》の深さときたら、あまりにふわふわで思わず転んでしまいそうだったわ！」

二人できゃらきゃら笑いながら、非常に薄い、レイチェルの部屋の絨毯を踏んでみる。

久しぶりの平和な午後。

美貌の婚約者は、今日は会議だそうな。

ジークとの面談から、ゾイドは随分変わった。

いつも通り仕事終わりには必ずレイチェルを訪ねてくるが、急に甘さが増したというか、今までゾイドとの間にあった壁のようなものがなくなったというか、やけに触れたがるというか。

なんとなく気に入ったおもちゃを見るようにレイチェルを見ていたその眼差《まなざ》しに、優しいものが混じってきた気がする。

全く表情の見えないその顔のまま、お茶会の最中に脈絡なく手を繋いできたり、花やお菓子といったありがちな手土産《てみやげ》だけでなく、研究所で実験がてらゾイドが錬成したという美しい鉱物の結晶を持ってきたり、南国の美しい魔力を持つという鳥の羽だの、歴史的に高名な魔術士が持っていたらしい簡単な仕掛けでできた錆《さ》びたおもちゃ、術式の印刷がある砂漠の国の古い切手だのを持ってきたり。

マーサは苦笑しながらそれらをレイチェルの宝箱に仕舞い込む。

「ゾイド様は小さな男の子の宝物みたいなものばかりお嬢様にお持ちになりますね」

言ってしまえばガラクタばかりなのだが、レイチェルはゾイドのここのところの変化が気恥ずかしく、それから嬉しいものだった。

「やっとゾイド様っていう方が少しわかってきた気がするの。あの方は、もの凄くご自分に正直でいらっしゃるのよ」

(ちょっと周りが見えないくらいにね……あの表情の見えないお顔で得しているわ)

冷たい印象の無表情の顔立ち、高い魔力と相まって赤い氷と評されるゾイドだが、その内側はひたすら真摯《しんし》に魔術を研究する一級の学者だ。その情熱をぽつぽつと語り出してくれたゾイドのことを、レイチェルはすっかり好ましく思うようになったのだ。

(会いたいな……)

ゾイドが持ってきてくれた、流行りの焼き菓子を頬張《ほおば》る。

ゾイドの美しい顔を思い出す。

赤い瞳を想う。


「……綺麗ですか？　ありがとうございます。これは魔力過多で、瞳から魔力が溢《あふ》れている状態なだけ、なんですよ」

その日のお茶会の子爵家の庭で、そうゾイドは興味もあまりなさそうに、だが丁寧《ていねい》に、有名な己の赤い瞳についてレイチェルに説明してくれた。

この大陸でも数えるほどしか存在しないという魔力過多によるゾイドの赤い瞳は、ルビーのように美しく、見つめているとその瞳の奥に吸い込まれそうになる。明るい空の下では赤い瞳はより透き通って見えて、レイチェルは、ゾイドのその美しい瞳を綺麗だと賞賛したのだ。

「ええ、本当に綺麗だと思います。私は平凡な茶色い瞳だから、殿下のような空色の瞳や、ゾイド様のような赤いルビーのような色の瞳はとても綺麗で羨《うらや》ましくって」

ニコニコとゾイドの瞳の美しさ褒めるレイチェルには、媚も、嫉妬《しっと》も下心も何もない。ただそこにある美しいものを素直に美しいと褒めているだけだ。

ゾイドは己の瞳への人々からの大袈裟な賛辞に心底うんざりとしていたが、レイチェルのように他意のない、素直な言葉で賞賛されると、久しぶりにストンと言葉が胸に落ちてくる。

心が和《なご》んだゾイドは、ポツリと呟いた。

「貴女に気に入っていただけて良かった。この瞳は不便な部分が多いのですが、その甲斐《かい》があったと思えば、悪くないですね」

「不便な部分ですか？」

レイチェルは不思議そうに、キョトンと顔を横に傾けた。

子供のようなレイチェルの表情に少し微笑《ほほえ》んだゾイドは教えてくれた。

「ええ、まず光にはあまり強くないです。夏の野外演習では光の対応に苦労しますし、休憩を挟まずに書類に没頭していると、すぐに目が熱を伴ったり、気温の低い朝などは、目が冷たくなってしばらく視界が悪くなったりと、あまり道具としては便利ではありません」

赤い瞳はその美しさについてよく知られているが、実際の体の一部としての繊細さについては、あまり知られていない。誰もがその美しさ以外のことに興味はないのだ。

「ですので、貴女の持つ、大きくて可愛《かわい》らしい、その茶色の瞳の方が、私の見た目だけ美しいとされる瞳よりも良い瞳だと思います」

そうレイチェルの大きな目の端をそっと指で触れて、ゾイドは王宮に戻っていった。


その夜。

レイチェルは就寝前に、長い髪をブラシで梳《す》いて手入れをしていた。茶色い真《ま》っ直《す》ぐな長い髪は、華《はな》やかでこそないものの、美しい艶《つや》があり、レイチェルは気に入っている。

真っ直ぐな髪と同じ色の、鏡に映る茶色い大きな瞳をまじまじと見てみる。そしてレイチェルは世にも稀《まれ》な、宝石のように美しい、赤い瞳を思い出す。

(あんなに宝石のように美しい瞳も、持ち主にとってはなかなか大変なものなのね)

美しいとばかり思っていたその赤い瞳が、実はとても疲れやすくて繊細なものだと、今日初めて知った。

ゾイドのように何もかも、全《すべ》てにおいて完璧な男にも、やはり同じ人間として、どこか弱い場所があるなど、実はレイチェルにとって、驚きを伴った新しい発見だった。

そして夏の日差しの下でも夜更けまで刺繍《ししゅう》をしていても、ちっとも困らないレイチェルの、大きな茶色い瞳を、良い瞳だと、ゾイドはそう言ってくれた。宝石のような赤い瞳よりも、とても良い瞳だと。

ゾイドは心からそう思っているのだろう。

ゾイドは己の美貌にまるで興味がない。魔術書を読み込むのにそちらの方が便利であれば、喜んであの宝石のような美しい赤い瞳と、レイチェルの平凡な茶色い瞳と交換することを厭《いと》わないような、そんなお人だ。

ここのところ、少しずつ、少しずつわかってきたゾイドという男の人となり。

(……それからあの方、私の目の端に触れて、私の瞳を、可愛らしいと、そうおっしゃったわ)

ぼんやりと、今日の出来事を思い返していた。

(……可愛らしい、と、そう)

茶色い真っ直ぐな髪を梳いていた、レイチェルのブラシの動きが、ぴたりと止まる。

急にレイチェルの心の中で、ゾイドの言葉が彩りを持って、真っ直ぐ心の柔らかい部分に飛び込んできたのだ。

ゾイドの指先が触れた目の端から顔中にカーッと熱が集まってくる。

初めて湧き上がった見知らぬ感情にレイチェルは戸惑い、どうしたら良いかわからなくなって、ブラシを放り出してベッドに飛び込んで、この急な嵐のような感情が胸から過ぎ去るのを必死で耐えた。

レイチェルは枕を抱きしめて、どきどきと動悸《どうき》が止まらない胸を押さえながら、この見知らぬ感情の嵐を胸に呼び起こした男のことを思う。

(……ゾイド様は、今もまだ、こんな遅くまでお仕事をしていらっしゃるのかしら。何か私にできることは、ないのかしら)

美しい赤い瞳を細めて、薄暗い研究室で魔術書を読み、術式を構築しているゾイドの姿が目に浮か《か》んだ。ゾイドの仕事は、この国ではゾイドにしか任せることのできない大切な事案ばかりなので、彼のお方はどうしても国のため、多忙になると尊敬を込めて父は言っていたか。

まだ火照《ほて》りの治まらない顔をパタパタと手のひらで扇《あお》ぐと、レイチェルは手芸用品の入っている箱を手元にたぐり寄せた。そして箱の中から、贈答用の新しい絹の無地のハンカチを取り出して、レイチェルは、針と糸の前に身を置いた。

針を手に取ると、心はようやく凪《なぎ》を取り戻す。

(……私、あの方のために、できることが一つあったわ)

あれほどの王都を賑《にぎ》わす大スキャンダルで始まった、ゾイドとレイチェルの婚約だが、出会いとは違って、二人の逢瀬《おうせ》は実に穏やかに、実に平和的に続いていた。

大変多忙なゾイドと、引きこもり令嬢である二人なので、ほとんどの逢瀬は子爵家の庭や客間で、ゾイドの仕事の合間の短い時間に、少しの間だけお茶を飲みながら魔術のことを語らいあって時を過ごすだけの、代わり映えもしないささやかで静かなものだ。

だが今日は、レイチェルはそんなゾイドのいつも通りの訪問を、心から待ちかねていた。

「ねえマーサ、ゾイド様まだいらっしゃらないかしら」

「もうすぐだと思いますよ、今日も先触れが来ていて、会議の後、少しの間だけだけれど来られるとおっしゃっていましたもの」

今日実は、この会話は三回目だ。マーサにいい加減苦笑いされながら、でもレイチェルはゾイドの到着が今日は本当に待ち遠しい。

レイチェルが術式を組み立て、ゾイドのために刺繍を施したハンカチが、ようやく昨日完成したのだ。

ハンカチの四隅に術式を刺繍し、四つに重ねて折り畳むと、初めて魔術が発動する。表に折ると冷たく、裏に折ると温かくなる。複雑な術式ではないが、使い勝手が良いようにと、随分工夫を重ねてこの術式を組み立てたのだ。

白いハンカチに、刺繍自体も白い糸で縫い取られたものなので、華やかさには欠けるものの、一針一針、ゾイドを思って手間を惜しまずに丁寧に刺したものだ。


レイチェルが待ち疲れた頃、先触れ通りに、ゾイドは小さな花束を手に、子爵家を訪れた。

今か今かとゾイドの到着を待っていたレイチェルは嬉しくなってしまって、令嬢としてのマナーも忘れて、思わず玄関まで走り出す。

「ゾイド様、ようこそいらっしゃいました！」

玄関先で迎えられたゾイドはおや、といつもとは少し様子の違うレイチェルに不思議そうに、声をかけた。

「……レイチェル嬢、今日はどうされましたか」

レイチェルはいつもニコニコと機嫌がいいのだが、今日のレイチェルは殊《こと》の外《ほか》、機嫌が良さそうだ。

「何か、良いことがありましたか？」

ゾイドの質問に、何も答えないレイチェルに、ゾイドは質問を重ねた。レイチェルはただ、ソワソワとなんでもない、とだけ言って、ゾイドをお茶の用意のある客間まで案内した。そこでようやくレイチェルは、今日の種明かしを口にしたのだ。

「ゾイド様、あの、私、今日はゾイド様にもらっていただきたいものがあるんですの」

予想していなかったレイチェルの言葉に驚くゾイドに、レイチェルはゴソゴソとサイドテーブルの引き出しから小さな、丁寧に包装された包みを、取り出した。

「えっと、これなんです。もし良かったら使っていただけませんか？」

「なんでしょう。楽しみですね」

レイチェルは頬《ほお》を紅潮させて、緊張して、体を固くしている。ゾイドは面白そうに包みを受け取った。

「レイチェル嬢、開けても？」

「も、もちろんです」

レイチェルは、息を詰めて、拳をぎゅっと握ってゾイドが包みを開けるのを待っている。

こんなに体を固くして、一体何が入っているのやらと、ゾイドが幾らかの期待を持って、丁寧に包装されたその包みを開けた。

そこには美しい刺繍の施された白いハンカチがあった。

「ああ、これはとても美しい刺繍のハンカチですね、ありがとうレイチェル嬢……これは」

そして、その言葉が終わらないうちに、ゾイドは四隅に施された刺繍に、ある仕組みがあることに気がついた様子だ。

「……レイチェル嬢。これは複合術式の魔法陣、ですね」

「お気づきになりましたか？」

レイチェルの顔に、パッと喜びの笑みが広がった。ゾイドはやはり、すぐに気がついてくれた。レイチェルは嬉しくて仕方がないらしい。

ゾイドはハンカチを凝視したかと思ったら、急に何も言葉を発することなく、長い沈黙に落ちた。

「……ゾイド様？」

急に静かになったゾイドの顔を覗《のぞ》き込むと、表情の読みにくいその顔のままで、ゾイドの赤い瞳の奥の瞳孔《どうこう》は少し開いていた。ハンカチの術式を猛スピードで解読することに集中している様子だ。

流石のゾイドは、レイチェルが構築した魔術が、ハンカチを折り畳んで初めて発動するものであるとすぐ看破できたらしく、ブツブツと口の中で独《ひと》り言《ごと》を呟いていた。

「見事な複合魔術だ。これは畳んで陣を重ねると弱い圧力で熱が発生して、少しだけ温まる設計で、逆にこちら側から重ねると、今度は冷却効果が少し。相当手間を掛けた術式だが、一体何を目的としている術式だ？」

魔術については解析できた様子だが、ハンカチに展開された術式の目的がさっぱりわからないようで、四苦八苦している様子。

困った様子でいるゾイドは、しばらく逡巡《しゅんじゅん》した後に、白旗をあげた。ハンカチを丁寧に広げて、レイチェルの前に出すと、ようやく口を開いた。

「レイチェル嬢、これは一体……」

レイチェルは悪戯が成功したかという風に、とても嬉しそうにゾイドの手からハンカチを受け取った。

そして、受け取ったハンカチを、そのままひょいひょいと四つ折に畳んで、ゾイドの赤い目の上にそっと載せた。

「ゾイド様、冷たいでしょう？　目が疲れてきたら、こうやって畳んで目の上に載せてくださいませ。効果は弱いですが、一度発動すると長く持つんですよ」

ゾイドは無表情な顔を真っ直ぐレイチェルの方に向けて、この男にしては珍しいことに、おずおずと問いかけてきた。

「……レイチェル嬢、まさかこれは、私の目を気遣って、わざわざ貴女手ずから、術式を組み立ててくださったのですか」

ゾイドは信じられない思いで、手元のハンカチに目を落とした。レイチェルは、ちょっとはにかんで、こくりと頷《うなず》くと、不安気にゾイドを上目遣いで見ながら言った。

「あの……ゾイド様、……気に入っていただけましたか？」

レイチェルの不安気な様子を見て、ようやくまだこの見事な刺繍の施されたハンカチの贈り手に、碌《ろく》な賞賛すら与えていないことにゾイドは思い至った。

「もちろんです。刺繍も術式も、素晴らしい。このような真心のこもった素晴らしい贈り物をいただいたのは、本当に生まれて初めてです。レイチェル嬢、ありがとう」

レイチェルはゾイドの言葉で、よほど安心したらしい。ほう、と大きなため息をついた。そして良かったわ、そう呟いて、照れたような、大きな笑顔を見せてくれた。

「ほら、こちら側からも使えますのよ。裏っかえして畳むとほら、あったかくなるように組んでます。

便利でしょう」

すっかり緊張が解けたらしい。上機嫌で歌うようにゾイドにもう一つのハンカチの術式の仕組みを説明して、今度は温かくなったハンカチを、ゾイドの目の上にまた、ひょい、と載せた。

ちょうど良い温度になるように調節するのにとても苦労しましたのよ！　と、レイチェルがとても嬉しそうに、

「こんなものが必要にならないうちにお仕事中止して、お家にお帰りくださいね！」

そう言ったその瞬間、レイチェルのか細い手首は、ゾイドに掴《つか》まれていた。

「え？」

驚いてレイチェルは、ゾイドの顔を見た。

そこには、表情の読めない、氷のような美しいかんばせの男が、その赤い瞳に真っ直ぐに、じっとレイチェルの姿を映し出していた。

「ゾイド様、あの」

レイチェルは何かを言おうとして、そして次に気がついた時、レイチェルの額に、一瞬だけ何か温かいものが触れたことを知った。

(今、ゾイド様が、私の額に口づけを……!?)

レイチェルを見つめるゾイドの瞳の奥には、一体何が映っているのだろう。

レイチェルはその赤い瞳を真っ直ぐに見ることができずに、火照った顔を俯《うつむ》かせることしかできな

かった。

＊＊＊

ゾイドは魔術研究所の奥の己の研究部屋で、しばらく手をつけていなかった術式解読の研究を進めていた。

フォート・リー王国からの間者《かんじゃ》を鉱山で捕らえた際に、間者が展開しようとしていた術式だ。

最近の技術ではない方法で魔術発動させようとして、国の警戒網に引っかかり難《にく》くし、発見を遅らせる。

なかなか込み入ったやり方をしてくる。

今回の案件は古代魔術の技術を利用している可能性が高いとのことでゾイドの研究室にまわされてきた。

今回は発動前に術者を捕らえたが、もし発動していたら大きな岩盤の落石事故に繋がっていたのだ。

足の踏み場もない書類と本の山の中、この術式の解読にもう大分手こずっている。他の研究員に任せていたのだが、第一層の解読が成功したところでトラップが発動し、術式の一部が失われていたのだ。解読に当たっていた研究員は怪我《けが》を負った。しばらくは自宅で療養させている。

ゾイドはこめかみにペンを当てて、しばらく思考の海にたゆたっていた。

ふと、レイチェルの顔が浮かんだ。

あの風変わりで、真っ直ぐ人を見る娘。

面白い娘だと興味を惹《ひ》かれていたが、今ではすっかり、裏も表もないおおらかなレイチェルに心が傾いている。

風変わりな令嬢をどうやって喜ばせたら良いか、この色々ズレた男なりに考えて、とりあえず自分が貰《もら》ったら嬉しいと思うものを与えてはマーサに訝《いぶか》しがられていた。

レイチェルと会話を重ねてゾイドにわかったことは、レイチェルの術式に対する知識はかなり偏っていること、魔力を持ち合わせていないこと、術式を正式に学問として師について学術的な方法で身につけていないこと、魔法史資料館の蔵書から得た知識しかほぼ持ち合わせていないこと。だというのに、独学で手に入れたその知識で展開する魔術は独創的で、繊細で、実に驚嘆に値する。

レイチェルの異様なまでの魔術の知識とそれを展開する能力は、脅威にもなるだろう。ジーン子爵も、レイチェルもそんなことは露とも気づいてはいないが。

ジークとレイチェルの非公式な面談要請は、フォート・リー王国絡みの探り入れだった。

夜会の夜より、ジークは子爵家に疑惑の目を向けていた。公にはされていないが、夜会以降の二、三週間の間にきな臭い動きが王城に漂っていた。下働きの侍女が二人、王城を秘密裏に去った。馬番の一人が放逐された。全て、アストリア王国に危害を為そうとしたフォート・リー絡みの事件だ。公にすれば、開戦のひきがねとなるであろう。

あの日、ゾイドはレイチェルと会うことのできる最後の日になるかもしれないことを十分に理解していたはずだった。

だが、いざその時になって、かすかに胸が痛んだ気がした。

それまでの数週間、レイチェルと過ごした日々はとても楽しかった。

他の魔術士と話をする時のように、腹のさぐり合いやお互いの研究の進捗の話ではない。ただただ、魔術愛を語り合える、稀有《けう》な同志。不思議な独自のやり方で様々な魔術という知識の海をたゆたって遊んできた、魔力も持たない娘。

……ゾイドはレイチェルが心から惜しくなっていた。

愛とは言えないし、恋とも言えないが、執着していることは確かだ。

ああ、そうか。私は、レイチェル嬢が欲しいのか。

冷静に自身の心の揺らぎを分析して、ゾイドは愕然《がくぜん》とする。

机の上には、レイチェルから貰ったハンカチが置かれてある。

四隅に小さな白い刺繍が施してあり、畳み方によってハンカチが少しひんやりしたり、温かくなったりする術式が組んである。赤い目は、通常の瞳より疲れやすいという話を少ししたことを覚えていてくれて、先日のお茶会で貰った品だ。

『ゾイド様、こうやって畳んで目の上に載せてくださいませ』

ひょいひょいと畳んで、何の抵抗もなくゾイドの目の上に柔らかいハンカチを載せたレイチェルの顔を思い出す。

彼女の心の目の前にいるのは、人外と称される美貌の男でも、魔法伯家の長男でもなく、一人の目の疲れやすい人。

『裏っかえして畳むとほら、あったかくなるように組んでます』

一生懸命使い方を説明するその可愛い唇に、思わず良からぬことを考えてしまっていた。

もちろん令嬢からハンカチを貰ったのは初めてではない。

美しい刺繍の施されたハンカチはゾイドも嫌いではない。

だが、一枚のハンカチでこんなに心が揺さぶられたのは初めてだ。

展開されている魔術自体はシンプルなもの、四つに折って初めて発動するのは非常に頭の良い展開でワクワクする。実用品として装飾性はないはずだが、高い刺繍技術と洗練された術式のデザインはそれだけで、大変美しい。

ハンカチを贈ってくる令嬢達はそれぞれ刺繍に託してメッセージを送ってくる。

蔦《つた》の絡んだデザインは、「あなたに絡めとられたい」、馬の蹄鉄《ていてつ》であれば「追いかけてきて」、もっと直接的なものは、ザクロの花で「あなたと夜をすごしたい」。もちろん魔法の杖《つえ》や幸運のシンボルなど、微笑ましいものもある。中には実際に魅了の魔法を堂々とかけて送りつけてきた令嬢もいる。

レイチェルはハンカチの刺繍にメッセージを載せるような駆け引きなどできやしない。

だがシンプルな白い刺繍から真っ直ぐに伝わってくるのは、ただゾイドの疲れた目を労《いたわ》る思い。

こんな真っ直ぐで、裏も表もない思いを受けるのは、いつぶりだろう。

こんな心地良い場所があるのなら。

『こんなものが必要にならないうちにお仕事中止して、お家にお帰りくださいね！』

くるくる笑って己の目に載せたハンカチを取り払ったレイチェルの手を思わず掴んだ。

驚いてゾイドの顔を見たレイチェルの瞳を見つめた。茶色い、真っ直ぐに人を見る、どうしようもなく危うい瞳。

自分を偽り己の心を守ることも知らない。

気がつけばゾイドは思わず、レイチェルの形の良い額に、触れるだけの、子供のような口づけを落としてしまっていた。

顔を真っ赤にして俯くレイチェルを見て、ゾイドの心を覆っていた固く冷たい何かが、砂の壁が崩れるようにガラガラと崩れ落ちて、心が裸になっていくのを、他人事《ひとごと》のように感じていた。

第四章　蝙蝠石《こうもり》

ルイスを伴ってゾイドが足を踏み入れたのは、国境となっている川沿いの魔の森。王国固有種の蝙《こう》蝠《もり》の重要な繁殖地で、保護区に認定されている。

魔力を含んだ森の昆虫を餌にしているこの蝙蝠は、体内の臓器に魔力を溜《た》め込み、火を吐いたりして厄介なのだが、その胆石に魔力を通すと一晩は淡く光り、妖しい魅力で、仮面舞踏会では一番人気のある装飾品だそうだ。

「蝙蝠の胆石を耳からぶら下げた令嬢なんか、ゾッとしねえな」

ルイスがおどけてみせる。パキッと枝を踏みつけながらその鞭《むち》のようにしなやかな体を進ませる。この森は魔獣も出てくるので、今日はゾイドの身辺警護を買って出たのだ。

「女性の美しい物に対する執着は恐ろしいな。私もせいぜい蝙蝠のように令嬢に肝を目当てに腹を掻《か》っ捌《さば》かれないように気をつけよう」

ゾイドも腹を押さえておどけて見せた。

魔力持ちの人間の胆石も、この蝙蝠のように魔力を通すと光るらしいという研究発表がこの春にあったのだ。それを踏まえた、最近流行《はや》りの強い魔力持ちである魔術士達の冗談だ。

「あの夜会の時に婚約したご令嬢にか？　あの娘のこと、殿下が随分とお気に召していたぞ」

あちこちから上がってくるレイチェルの身辺報告書は、読むたびにルイスを爆笑させてくれるので、ルイスはすっかりレイチェルの報告書を楽しみにしている。レイチェルがフォート・リーの間諜《かんちょう》である疑いは一応晴れているが、監視は解かれていない。報告書は定期的に提出させているのだ。

昨日上がってきた報告書には、レイチェルの十歳の頃に、盛大に失敗した術式の組み合わせで、お茶会の最中にドレスから発火しそうになった事故のあらましが上がってきた。ジーン子爵も招待の令嬢も、皆魔術や術式の知識はほぼないので、まさかレイチェルの妙な趣味が原因であるとは気がついていない。

「いや、レイチェル嬢は魔力がないのでね。私の肝なぞより、よっぽど普通の宝石の方が喜ぶだろう」

「魔力なしであの可愛《かわい》い寝室の空間の状態を保っているとは恐れ入ったね。よほど丁寧《ていねい》に術式を重ねているか、よほどの数を複合させているか、その両方か」

ルイスの言葉に、ゾイドは無意識に足を止めていた。

「ゾイド、お前あんだけ通い詰めててまだあの寝室見たことないのか？　『影』から反逆の疑いが出たくらいには興味深い状態だったぜ」

ルイスは気にした様子もなく、さっさと先に進む。途中で小さな魔獣が襲いかかってきたが、ひらりと美しい剣捌《さば》きで二つに割る。造作もない。

「……いつ彼女の寝室に」

ゾイドはイライラを隠さないで鋭く言い放つ。

（へえ、この赤い氷があの地味な女の子に、ねえ……）

ルイスが知る限り、この美貌の魔術士の周りにはいつも大輪の花のような美しい女達が、この男の気を引こうと躍起になって集まっていた。女達は皆身分が高く、最新のモードに身を包み、機知にとんだ話題に溢《あふ》れて、皆一様に大変に美しい女ばかりだった。ゾイドも気紛《きまぐ》れにそんな女に構ってやることもあったが、それだけ。

ルイスには、魔物のように美しく、非常に感情の薄いゾイドの、ここ最近の変化がとても興味深いものだった。

「影からの報告が上がってすぐだ。心配するな、彼女の招待は貰《もら》っていない。勝手に上がり込ませてもらった。特に窓のカーテンの術式は綺麗《きれい》だったな」

今度は蝙蝠から火の玉が飛んでくる。ルイスが半分に叩《たた》き切り、ゾイドが小さな雷を放ち炭にした。

魔力を有した胆石が、柔らかい黄緑色を放って燃え残る。

後ろからは、今にも襲いかかってきそうなゾイドの刺さるような鋭い目線が痛い。

第二王子の命《めい》とは理解していながら、婚約者の部屋に、己の与《あずか》り知らぬところで他の男が出入りしたことは、この男には受け入れ難《がた》いのだ。

ルイスは苦笑して、蝙蝠の淡く光り輝く胆石を拾うと、ゾイドに投げ渡す。

「レイチェル嬢に土産《みやげ》だ。これで口説《くど》き落としてなんとかあの部屋に入れてもらえ」

二人は黙々とその後、深い森を突き進んでゆく。

半刻《はんとき》も無言で進んだ先には国境、ハドソン川のほとりに突き当たった。報告にあった通り、国境に敷き引いた結界の一部が魔術で焼き切られ、何者かの侵入があった後だ。内部で手引きした人間がいる。術式の展開から、非常に魔術の知識に長《た》けた内部の人物からの誘導だ。

この国には裏切り者がいる。

国境の結界を破壊し、人の侵入を許すだけの魔術を展開する魔力を持っている人間はアストリア国内でも限られてくる。おおよそ犯人の目星はつく。

ゾイドは魔術の痕跡を焼き、跡形の残らないようにハドソン川に流した。

(まだだ)

二人の男は言葉を交わすこともなく、何もなかったかのように踵《きびす》を返す。

胸に去来する思いはそれぞれの心に収められた。

⁂

今日も美貌の婚約者様は、お土産を携えてレイチェルのご機嫌を伺いに訪ねてきていた。

お馴染《なじ》みとなった子爵家の庭でのお茶会で、魔術が題材になっている王都で流行りのミステリー小説の話などを、二人で和《なご》やかに会話を楽しんでいる。

慣れとは恐ろしいもので、この小さな子爵家の庭に、人外の美貌を誇る大貴族であるゾイドが訪ねて、地味なレイチェルと静かな時間を過ごしていることに、もうジーン家の家人は、何の違和感も抱かなくなってきた。

ウブなレイチェルをからかって遊ぶのがここのところのゾイドの楽しみらしく、会話の最中、不意にレイチェルの耳元で甘い言葉を囁《ささや》いて、真っ赤になるレイチェルの顔を見て楽しんだりと、傍目《はため》には二人は大変微笑《ほほえ》ましい関係だ。

多忙な宮廷魔術士が、どうやって時間をやり繰りしてこうもしょっちゅうレイチェルに会いに来ているのか皆疑問だったが、なんということもない、レイチェルに会った後にまた研究所まで帰って、深夜までいつも仕事をしているらしい。ハロルドが取引先から聞きつけた話だ。

今日のゾイドのお土産はいつもの、ちょっと贈り主の意図が掴《つか》みかねるガラクタ的なお土産ではなく（そこそこ王都で名を馳《は》せた色男が、なぜこんな子供のようなお土産を婚約者に持ってくるのか、まだマーサには謎でしかない）、今王都で大流行中の、入手が難しい魔の森の蝙蝠の胆石でできた、妖しく光を放つティアドロップ型の首飾りだ。

魔の森での調査の最中に手に入れた石とかで、流行りの宝飾店で加工させたという。品の良い鎖が通されてあり、若々しくシンプルな一点ものに仕上がっている。

恋人を得たばかりの男が、若い娘に贈るのにふさわしい、可憐《かれん》で、少し妖艶で、男の可愛らしい独占欲を表している、大変人気の贈り物だ。

「ここに私が魔力を通すと、光を放つんです」

期待で輝くばかりの目のレイチェルに、ふっと微笑むと、ゾイドは手のひらに、首飾りを載せ、魔力を通して見せる。

ふわりと魔力を受けて、小さな石は淡く黄緑色に輝く。

「綺麗……！」

レイチェルは初めて見る輝きに興奮を隠せない。レイチェルも変わり者とはいえ、うら若き乙女《おとめ》だ。美しい流行りの宝飾品を贈られ乙女心が浮き立つ。

「石の大きさにもよりますが、この大きさの石で魔力を通せば、おおよそ一晩は光り続けるでしょう」

「今日はベッドの横に置いておきます。夜が来るのがとても楽しみですわ！　ああ私に魔力があれば、ずっとこの石を綺麗なままで置いておけるのに」

「貴女《あなた》の隣で夜を迎えるこの石は随分な果報者です。さぞ美しく輝くことでしょう」

ゾイドは失礼、と席を立ち優雅に手袋をはずすと首飾りを手にとって、レイチェルの後ろに回り、留め金を留める。

ヒヤリとしたゾイドの細い指が、レイチェルの首筋をかすめる。

（くすぐったい……細くて、とっても長い指なのね。変な気分になるわ……）

耳元で細い留め具と鎖がすれ合う音がして、ふと顔を上げると、人外の美貌がすぐ真横に触れ合う距離で悪戯《いたずら》っぽく微笑んでいたのだ。

(近い!!　ちいかすぎいい!!　そ、それにしても何て綺麗なお顔なのかしら……まつ毛が本当に長くて、作り物のお顔のようだわ。そう言えばこの方、大変な美貌だったの忘れていたわ……って！　私ゾイド様がちゃんと笑ったお顔を拝見するの、初めてな気がする……)

いきなりすっかり忘れていたこの高貴な男の美貌を、こうも近くで確認してしまいレイチェルはもう息の仕方も思い出せない。

「……できましたよ、レイチェル嬢」

(だから！　そこで声を出さないでぇえ！　耳元に息が!!　かかって！　ああ、なんかゾクゾクする……)

耳まで真っ赤になって俯《うつむ》く。もう震えてきた。

「……貴女は可愛い人だ……」

ゾイドがそう、耳元で囁いて、小さな口づけがレイチェルの耳の端に落とされた。

「ゾ、ゾイド様!!　お戯《たわむ》れを!!」

レイチェルは、もう半分涙目で口を尖《とが》らせて抗議する。

ゾイドは、ウブなレイチェルの反応に、声を抑えて笑い出す。

「おや」

「もーゾイド様はこういったことに慣れて、おいでで！　でも！　私は！」

ゼーハー言いながらレイチェルは一生懸命抗議するが、ゾイドはもう何も聞いていない。

「ゾイド様！　ちょっと！　聞いてます？」

レイチェルはそこまで言って、ゾイドが己の胸元に目をやっているのに気がついた。先程までの、優しい、悪戯っぽい視線ではなく、冷たい赤い氷だ。射抜くような視線の先は先程ゾイドがつけてくれたばかりの、黄緑色の石だったもの。

「え、なんで……？」

柔らかい黄緑色の光を放っているはずの石は、今は禍々《まがまが》しいまでに美しい、七色の光を放ち輝いていた。


王宮の魔術研究室は、離れの塔の奥にある。

何らかの事故があっても王宮内に被害が及ばないように、それまでは王宮の別館にあった研究室を数代前の王と筆頭魔術士で移動を決めてから、ずっと塔の中にあると、道すがらにゾイドは説明した。

実際時々魔術の爆発事故があるし、扱う薬品の種類によってや、強い呪いの解呪《かいじゅ》などの際は、人払いが必要となるので孤立した塔は非常に研究に適した場所である。

また、塔自体も貴重な、魔力に耐久性の高い石材で完成されていて、魔術に特化した歴史的な建築としての価値も高いらしい。

道すがら、といっても、ゾイドは乱暴にもレイチェルを横に抱いて、ジーン子爵家の庭から、王宮の魔術研究室のある塔の前まで転移魔法で、一瞬で飛んできたのだ。

『子爵には後で使いを出す。マーサとか言ったか、お前の主を借りてゆく』

レイチェルの首飾りの石の反応を見た瞬間、ゾイドは術式を展開し、マーサにそう言い残すと、転移陣をはり、次に気がついたら、そこは王宮の細い塔の前。

レイチェルは転移魔法を経験するのは初めてで、到着してすぐ目を回して腰を抜かしてしまった。

ゾイドはレイチェルを横に抱きかかえたまま、細い塔の急な勾配の階段を上り、真《ま》っ直《す》ぐに進む。

びっくりしたやら恥ずかしいやら、それから魔力の渦に巻き込まれて何が起こっているのか皆目見当もつかず、レイチェルはゾイドにされるがままになっていた。

「驚かせてすまない。すぐに私の研究室まで来てほしい。説明は後で」

有無《うむ》を言わさないやり方は、夜会の時と同じだ。何か面白《おもしろ》いものを見つけたのだこの人！

(と、なると、協力しないっていう選択肢はない感じよね)

レイチェルはゾイドに横抱きにされたまま、ぼんやり考えた。

今頃ジーン子爵の屋敷は大混乱だろう。またお父様の髪の毛が寂しくなっちゃうわね……。

暗い廊下を渡り、ゾイドは一番突き当たりの部屋の重い紫檀《したん》の扉を開ける。

蝶番《ちょうつがい》がギリギリと不快な音を立てて扉は開いた。

あまり手入れが良くないのだろう。

中に入ると広い部屋には数人の魔術士と思われるローブを纏《まと》った人間が、何人かが中央の一枚板の磨き込まれた大きな机を囲んで魔術の展開案をいくつか出している最中だった。

中二階にはおびただしい蔵書。

その中の一人が、ゾイドに気がついて声をかける。

「ゾイド様、お帰りなさい……というかその、ご令嬢は？」

ぴょこっと、幼いと言っても過言ではない、若い魔術士が頭を出して声をかける。ぐしゃぐしゃの金髪が可愛い、人懐《ひとなつ》っこそうな女の子だ。

年齢は十歳くらいだろうか。その金色の髪と空色の瞳は、ジークを思わせる。

「ジジ、話は後だ。この令嬢は私の婚約者、ジーン子爵令嬢。しばらく部屋に籠もるが邪魔立てするな」

(この人絶対！　に！　誤解！　するじゃないもう!!)

どう見ても白昼堂々と勤務時間に恋人を自室に連れ込んでいる不埒《ふらち》な男にしか見えないのだが、ゾイドの関心を寄せるところではないのであろう。

呆気《あっけ》に取られているローブの衆人環視の中、ゾイドは誰も一瞥《いちべつ》もせず最奥の部屋の鍵を開ける。

ゾイドの研究室は子爵家の客間くらいの広さだろうか。

高い天井と、重厚な、重みのある木製の家具類が、この部屋が、王宮の歴史の一部そのものであることを示してはいる。だが研究者の部屋らしく、雑然と色々な書類や魔道具の数々が置かれており、その一つ一つは大変興味深いものだった。重いベルベットの美麗なカーテンにはいくつもの焦げがあり、この研究室でなんの研究がなされているのか、穏やかなものばかりではないのは明らかだ。

「レイチェル嬢、どうぞ掛けてください」

部屋のソファに堆《うずたか》く積まれた本をゾイドは床に下ろして、レイチェルに勧める。本棚にはうっすらホコリが溜まっている。床は足の踏み場もないくらい書類や本が散乱しているし、全体的に埃《ほこり》っぽい。この部屋に客を入れたりはしないのだろう。

レイチェルはようやく自分を落ち着かせ、上がった息を整える。キッとゾイドを見て言う。

「ゾイド様。そろそろ説明して」

（この人、ちゃんと聞かないととんでもないことにすぐ人を巻き込むんだから……！）

ゾイドは散らかった机の引き出しから、銅の分度器やら何かの鱗《うろこ》やらを取り出して、机に並べて、ようやく赤い瞳にレイチェルを映して言った。

「ありえないのですよ。レイチェル嬢。この石は、私とルイスで蝙蝠の腹から引きずり出してきました。何も他の干渉は入っていない。なぜこんな色合いに……」

ぶつぶつと美貌の魔術士は呟《つぶや》く。

もう婚約者との甘い時間のことなどすっかり忘れて、一流の魔術研究者としての、例の表情の読みにくい顔になっていた。

（ゾーイードー様！　言い方！）

レイチェルは己の鎖骨の間で七色に輝く石が、今回の騒動の端を発していることに気づいた。

せっかく綺麗なペンダントを貰って、ちょっと乙女な気分になっていたのに、酷《ひど》い。

「レイチェル嬢、大変失礼ですが、これからいくつか検査をさせてください。それから今日ご自分に施している術式を全て漏らさずに教えてください。全て調査します」

有無を言わさぬ言い方にレイチェルはたじろいでしまった。

「えーと……」

唾をぐっと飲み込んで遠慮がちに反論してみる。

「い、痛いのはちょっと……あと、屋敷に報告しないとお父様もマーサも心配するので……後日ゆっくり……」

「検査は痛みを伴ったりはしません。ご家族には今使いを」

ゾイドは机に向かって何やら書きつけると美しい緑色の筒に入れて窓に向かって口笛を吹いた。

隼《はやぶさ》が真っ直ぐにゾイドの腕に降りてくると、ゾイドは筒を掴ませる。

「いい子だ。わかるか？　東に飛べ。赤い屋根で、メリルの庭のある邸宅だ。さっき術式を展開したから魔力を伝っていくといい」

小さな茶色いお菓子のようなものを与えると、隼は一回首を振って大空に飛び立っていった。

遠くの空に一つの点になってしまった隼をレイチェルは驚きの気持ちでポカンと眺めていた。伝書鳥は大変高価で、一般には滅多に使われない上、使われても鳩《はと》がせいぜいだが鳩は途中で他の動物に襲われる事故がある。

王族と、許された大貴族のみ伝書鳥に、よく訓練された隼を利用するらしいが、王族以外で隼の利用が許されているのは、「サージ」の称号を持つ、国の重要人物と認定された人物の本人のみだ。

（ゾイド様がサージだなんて聞いてないわよ！　なんでそんな立派な方が私に構うのか、もうわけがわからないわ！　しかもサージの隼って国家機密の連絡事項のやりとりに使うのよね。私なんかの居場所をお父様にお知らせするために使うようなものではないはずよ……）

レイチェルが茫然自失《ぼうぜんじしつ》していた間に、ゾイドは金属の板と、分度器を二つ十字に重ねたような半球体の定規のようなものを持ってきた。相当古い物らしく、金属は鈍い金色、その表面はもう本来の光を失っており、板に刻まれた様々な数字は失われた王朝で使われていた文字だ。分度器の交差する点には鎖が吊《つ》るされており、鎖の先には菱形《ひし》の、水晶のような石が下がっていた。

「これは、天体を模した、古い魔力計測機です」

ゾイドは簡単に器具の埃を払うと言った。

「まず貴女の蝙蝠石をこれで計測します。失礼」

ゾイドはレイチェルから七色に光るペンダントを受け取ると、金属の板の中央に置く。

みるみるうちに七色の光は失せて、黄緑色の柔らかい光に変わる。

そして何やら取りつけられている魔力計測機の鎖の先の菱形の石は、ビン、と一方向を指して止まった。

ゾイドは計器の数字を読み取り、止まった方向や角度を書き留める。

「……九時の方向に高度二十三、やはりこの石は何も変わったところがない、普通の蝙蝠石です。そうなるとやはり」

レイチェルはぶるっと背筋に寒気がした。

完全にゾイドの赤い目の奥には、捕食者のような光が宿っている。

「レイチェル嬢、この板の上に手を置いてください」

「ゾイド様、あの、ご存知の通り私には全く魔力はありません。ジーン家の歴史を遡《さかのぼ》っても強い魔力持ちの人間なんていませんので……」

ゾイドはレイチェルの言うことなどもう聞いてはいない。

レイチェルは仕方がなく魔力計測機の中に手を置く。

鎖は重りがついたかのようにぴったりと動かなくなった。レイチェルも何も感じない。

「ですからね、ゾイド様。私には魔力がないんですよ。全くないんです。何か期待されていたのならごめんなさい。ですのでそ〜ろそろ家に帰していただけたら嬉《うれ》しいですが」

顔を引きつらせながらレイチェルはこの場からそろそろ逃げる。

ゾイドはその美しいかんばせに、憂いを漂わせてしばらく沈黙し、ようやく口を開いた。

美しい男の憂い顔に、レイチェルは不本意にも、少し胸が弾んでしまった。

「……だから問題なのだ」

「はい？？」

「一般的には」

ゾイドは信じられないものを見るような目でレイチェルを見て、続ける。

「一般的には、どんな人間でも、少しは魔力を持っているものだ。魔力とは生命力そのもの。生きとし生ける全てのものに、必ず魔力はある」

続けて、絞り出すように声をつなげる。

「ですが」

「貴女は、全く、見事なほど何も魔力が発露していない」

「はあ……」

がっくり肩を落とす。

何を言い出すかと思いきや。

(何、そのものすごーくショックな宣言！！！　最高に魔術の才能がないことをそんなに証明したいの？)

レイチェルはずっと魔力持ちに憧れ続けてきたのだ。王都の魔法学院に入学して、使い魔を従えて大型魔法を展開して悪を成敗する、というのがレイチェルのお気に入りの妄想……もといお好みの空想の世界だったのだ。だったのに。

容赦のない空想世界への死刑宣言ののち、ゾイドは言った。

「レイチェル嬢。しばらくここにいてください。私はジーク殿下に御目通りする必要がある」

魔術士のローブをひき掴むと、ゾイドは研究室から去っていった。

と、思ったらゾイドはドアの前で引き返してきて、一つの鍵を投げて言った。

「戸棚の横に扉があります。そこから奥は私の私室です。ご自由にお過ごしください」

そして、嵐のように去っていった。

レイチェルは、埃っぽいこのゾイドの部屋に一人、鍵を握って残されていた。


レイチェルは一連の出来事についていけず、茫然とソファに座っていたが、ようやくチカチカした目を落ち着かせて部屋を見渡す余裕ができた。

(相変わらずご自分の思いに、正直に行動される方ね……)

重厚な造りの部屋の飴《あめ》色の机の上に散乱する書類や書きつけ、乱雑に置かれた魔道具や、ページの開いたままの本。レイチェルは、おおよそ欠点などどこを探しても見当たらないような、ゾイドの、実に人間味のある一面を目の当たりにして、なんだか少し好ましく思ってしまった。

(ゾイド様って、人間だったのね。あまりに有能で、あまりに美しくて、なんだか人間っぽさが感じ取れなかったのよね……)

興味に任せて部屋をあちこち歩いてみた。本棚には雑然と難しい専門書が置いてある。

本棚の横には戸棚があり、中には何やら埃の積もった、薬や魔素材だろうか。様々な物が詰まった瓶が所狭しと置かれていた。ゾイドは整理は苦手らしい。

その横には、簡素な造りの扉があった。

レイチェルは悪戯っぽく笑うと、胸元にキュッと握っていた手を開いて、先程受け取った鍵を見る。

(せっかくだし、お邪魔しちゃわない手はないわよね!)

あのゾイドの私室。

レイチェルは、初めて訪れる、父親以外の男性の私室への乙女らしい好奇心と、謎だらけの己の完璧な婚約者の人間らしい部分への好奇心に胸を躍らせて、鍵を開いてみた。

扉を開くと、研究室の広さを思うと、そこは随分とささやかな、小さな部屋だった。

自室の換気などをするようなお人ではないのだろう。

部屋には籠もった濃厚な、むせるようなゾイドの香りがした。

レイチェルはゾイドの香りに当てられて、急になんだか恥ずかしくなってしまって、キョロキョロと見渡してみる。

小さな部屋は、泊まり込みの時に利用する部屋らしい。

そう大きくはないベッド、洗面台、小さな台所と装飾性のない、こちらも簡素な布のソファがあった。

ソファの上には脱ぎ散らかしたゾイドの上質なシャツとぶ厚いローブが放ってあり、ベッドの横のサイドボードには、読みかけの何やら難しい魔術本が置かれていた。飲みかけの酒のグラスがいくつか。

壁には絵の一つもない、ただ、寝るだけが目的の部屋のようだ。

とりあえず台所の食料保存の魔道具の中を開けてみると、チーズと、干した肉、そして多種多様な酒しか入っていなかった。あまり食に気を使わないらしい。

洗面台には高い香りのする石鹸《せっけん》、肌触りの素晴らしいタオル。

レイチェルはとりあえずゾイドのシャツを拾って畳んでみる。

ゾイドの香りが鼻腔《びこう》をくすぐって、何か親に隠れて悪いことをしているような、そんな気持ちになる。

ベッドは乱れたままだ。レイチェルはベッドのシーツを整えて、飲み残しのグラスを片付けようと手を伸ばして、ふと見覚えのあるものに気がついた。

レイチェルの贈ったハンカチだ。

乱雑な部屋の中で、そのハンカチがゾイドのベッドサイドで、小さく丁寧に折り畳まれて、大切そうに銀の小さな皿の上にちょこん、と載せてられていたのだ。

(使ってくださっていたのね……)

レイチェルは嬉しいような、恥ずかしいようないたたまれないような気持ちになって、ぎゅっとシャツを握り締めた。

⁂

ジークは対外的には完璧な王子様を演じて、ご令嬢とのお茶会の真っ最中であった。

アストリア王国には主に三つの派閥がある。

来年の年明けに王位に即位する、第一王子、そして第二王子であるジーク王子を擁立する古王朝派。

前王の妹君の嫁いだウッドベリー侯爵家が筆頭である、王国最古の血統ウッドベリー派、そして前王の第二妃の実家で、カットキルという辺境の大領地を抱える武闘派のカットキル派。国内の安寧《あんねい》は、この三派閥の平和的な共存にある。

議会や裁判所、また商工ギルドなど全ての公の場面の人事において、この三派閥の均衡は最優先事項として考慮されている。

ちなみに、ジーン子爵はその三派閥ではなく、「緑派」と呼ばれる、政治力はほぼゼロの、しかしどの派閥からも中立の派閥に属している。

ジークの婚約問題は、非常に繊細なバランスを求められる問題だ。

そもそも儚《はかな》くなってしまった友好国の姫君と、ジーク王子の婚姻は幼少の頃から確定していたことから、国内の貴族の令嬢とジーク王子の交流は、そこまで重要視されてこなかった。

ジーク王子は己の属する古王朝派の令嬢や子息とは交流があったが、他の派閥の、しかも令嬢との交流はあまりなく、また自身も貴族の交流会よりは魔術と武術にのめり込んでいた。

父である王も、婚約者の決定していて外国に婿に行くことが決まっている。しかも第二王子の国内での社交に関してはあまりうるさく口を出さなかったのだ。

ジークの外国への婿入りが立ち消えになった頃、第一王子が結婚し、次代のアストリア王の王位を継ぐことが、確定した。

アストリア王となることが確定している第一王子の妃《きさき》が、古王朝派出身であったため、今になってジークは国内の古王朝派以外の令嬢と、こうして日々お妃選びも兼ねた、親睦お茶会を開くハメになっている。

ジークは政務の中で一番の苦痛はこのお茶会だと、ルイスにはいつも愚痴《ぐち》っているが、どんなご令嬢とのお茶会でも完璧な笑みを浮かべて優雅にこなす。

そしてお茶会の終わりには、ほぼ全てのご令嬢が頬を赤く染め、上気して帰途につくのだ。

ジークの数々の特技の中でも突出しているのが、このご令嬢のあしらいだとルイスは思う。

「ただの技術だよ。相手に気持ちよく話をさせて、聞きたい情報を得るのさ。惚《ほ》れさせる一歩手前で突き放すのがコツだね」

面倒くさげにジークは言い放つ。

このところ、隣国、フォート・リーの不穏な動きの報告が後を絶たない。

ジークはこの動きに関しての指揮権の一切を父王から託されている。

日々の政務に加えてこの難しい状況の対応で、ジークは疲労困憊《こんぱい》している中で、さらに自身の結婚問題だ。本当にうんざりする。

本日のご令嬢もジークをウルウルと見つめ、必死で気を引こうと社交界での噂《うわさ》話や何やらを続けている。

ジークはキラキラした微笑を絶やすことなく、しかしご令嬢の言っていることは何一つ聞いちゃいない。ちなみに名前を覚えるのがいちいち面倒なので、お茶会のご令嬢は全部「美しい方」「薔薇の園の君」のどちらかでしか呼ばない。

つかつかと、後ろに控えていたルイスが近づいてきて、ジークに何やら耳打ちをした。

ジークは立ち上がり、それはそれは美しい憂い顔で令嬢にこうのたまう。

「美しい方、話は尽きないが、今日は時間切れだ。野暮な客がやってきてね」

ジークは扉の向こうに控えている、己の部下に声をかけた。

「また次回お目に掛かろう。ゾイド、入れ。この美しい方を送った後に話を聞いてやる」

＊

ゾイドが高貴な方々を連れて部屋に戻ったのは、紺色の空に月がその姿を見せ始めて、いい加減お腹《なか》が空いていた頃だ。

夕日が沈み始めてもゾイドが帰ってこないことに、流石に不安になり始めた頃、ローランドが紅茶を持って、レイチェルの話し相手として研究室に姿を見せてくれたことは、本当にありがたかった。

レイチェルはローランドと会うのは夜会以来初めてだが、ローランドの物静かな佇《たたず》まいと、ハロルドと同じ、深い緑色の優し気な瞳は、レイチェルを安心させた。

初めて転移魔法を体験して、よくわからない場所に連れてこられたかと思えば、連れてきた婚約者本人はレイチェルを置いて、どこかに行ってしまい、帰ってこない。

ローランドが淹《い》れてくれた温かい紅茶で、ようやく落ち着いて、世間話を楽しんでいた頃に、やっと研究室の扉を叩く音が聞こえた。

「お待たせして申し訳ありませんでした。淑女を退屈させてしまうなど、あってはならないことです」

ゾイドは非礼を詫《わ》びるが、謝るところはそこではないだろう。とレイチェルは思う。

(まあいいわ)

レイチェルはジークにスカートの裾《すそ》をつまみ淑女の礼をとると、

「ジーク殿下におかれましてはご機嫌麗《うるわ》しく」

と挨拶《あいさつ》し、こう続けた。

「難しくてあまり内容はわからなかったのですけど、いくつか本を読ませていただいていましたので退屈ではありませんでしたわ。それに、ローランド様とお話させていただいて、今度一緒に孤児院のお祭りに行く約束をしたのですよ。偶然にも、同じ孤児院に寄付していたのです。今から楽しみですわ」

へえ、と素直に感心している様子の若い男が後ろに控えていたのが見えた。

「婚約者をこんなかび臭い研究所に閉じ込めて、日が暮れるまで放っておくなど、ゾイドの振る舞いは万死に値します。ご令嬢、ここは貴女の機嫌をそこねた埋め合わせに、宝石やら観劇やらドレスやらをこの男に強請《ねだ》ってしかるべき場面ですよ」

そう悪戯っぽく言うと、そこで若い男は腰を折り、レイチェルに挨拶をした。

「ジーン子爵令嬢、初めてお目にかかります。私のことはルイスとお呼びください。ジーク殿下の護衛を……」

ルイスの挨拶の終わらないうちに、レイチェルは思わず声が小さく漏れ出ていたらしい。

「あっ……蝙蝠の臓物男」

今回の騒動の一端を担っているらしい男の名前だ。忘れてはいない。

どうやらルイスの耳に聞こえたらしい。

ルイスは御前だというのに弾《はじ》けたような爆笑だ。

「黒い稲妻だの、殿下の懐刀《ふところがたな》だの、令嬢泣かせだの、まあ恥ずかしい呼び名で呼ばれておられることは知っていますが、蝙蝠の臓物男は新しいですね、ルイス様」

物静かなローランドまで、涙を眼の端に浮かべて笑いを噛《か》み殺している。

ルイスはヒーヒー言いながら、

「あー、そう、オレだよ。参ったなこのお嬢さん。オレ達で取ってきた、出どころのしっかりしてる蝙蝠石の反応がおかしいって、お宅の婚約者様が大変なご懸念でね」

すっかり紳士の仮面を放り出して、素のルイスに戻って少年のように片目をつぶった。

「さあ、レイチェル嬢、積もる話があるが、ともかく検査が先だ。ローランド、準備を」

ジークの合図で、真面目《まじめ》な顔を取り戻すと、ローランドは研究室全体に、防音、対魔法、侵入回避の大型の陣を展開した。

「ゾイド、報告の内容を再現しろ。事が本当であれば、国家事案だ」

「国家事案？」

レイチェルには答えず、ゾイドは蝙蝠石をまず設置し、角度と高度をジークに見せる。

その後、ゾイドに促されて、レイチェルには何のことかわからないが、とりあえず痛くなかったので前回と同じように古い魔力計測機の下に手を置いた。

前回と同じく、水晶を吊るした鎖はぴくりとも動かなかった。男達に声のない緊張が走った。

次に、ルイスが持参してきたガラスのような筒の両端を持つように指示される。これも、また無反応だ。

また空気が凍った気がする。

（そろそろ本当に帰りたいわ……なんなの一体。お腹すいてきちゃった……）

「ゾイドの報告通りで間違いない。文献で存在することは知っていたが、目にするのは初めてだ」

しばしの沈黙の後、ジークは言った。

「私の師が、一度大戦の前に難民の中で一人だけ出会ったそうですが、それきりだと聞いています」

ゾイドも続けた。

レイチェルはおずおず挙手して申し出る。

「……皆様、そろそろ本当にご説明いただけません？　もう館に帰りたいですし……」

掛け値なしの本音だ。

目の前で会話を繰り広げる男達が、王都で最も結婚相手に望まれる男達であることも、その身分も財も、その花のようなかんばせも、興味の対象ではない。今レイチェルはただ、さっさと自分の部屋に帰って、まだ仕上がっていないスカートへの紋様の続きを刺したいだけなのだ。ついでにおやつ食べたい。

説明不足はゾイドの専売特許らしい。ルイスがレイチェルが怯《おび》えていることに気がついて、

「お嬢ちゃん、いきなりでびっくりしたよな。悪かった。ちょいありえない反応が出てびっくりしてんだ、みんな。こんな太古の道具使っても、一番精査性の高い道具使ってもお嬢ちゃんの魔力反応が出ないんだ。これはもの凄《すご》いことなんだぜ。こんな魔術の才能のない人間にお目にかかったことはない」

興奮してそう早口に説明した。

ゾイドが続けた。

「ある意味大変貴重な才能のなさです。どんな魔術を使っても、貴女を素直に通り抜けるので、魔力による干渉がない。つまり貴女は誰からも魔術で追跡もできない。貴女が子をなせば夫の魔力を完全に損なわずに受け継ぐ」

才能ない、才能ないとうるさい。失礼だ。

「はあ……それでそれが何か生活に役に立つんですかね」

レイチェルは他の貴族のご令嬢のように、少しでも魔力があれば、魔道具の鑑定やら結界を張ったりやら、領地の役に立ちたかったのだ。

魔力がないと発動しない魔法の方が実は大部分で、レイチェルのように、手間暇をかけて、紋様や祝詞《のりと》、魔法陣など、その形状そのものを構築することで発生する魔力に頼って、魔術を発動させているなど、相当珍しいのだ。

レイチェルにも、ちょっとでも魔力があれば、そんな手間暇がかかる苦労しないで済んだのに。と、男達の興奮を伴ったお知らせに、レイチェルは興味が湧かない。

目を丸くして信じられないものを見るようにルイスが身を乗り出して、力強く続けた。

「お嬢ちゃん！　わかんないのか、どれだけあんたが貴重な存在なのか！　もしあんたが間諜になったら絶対に魔力追跡では捕まらないし、ゾイドとの子をなせば、ゾイドと同じ魔力ランクの子供になるってことだ。十人ゾイドの子を産めばこの国の未来の魔法学がどれだけの発展を遂げるか、考えてもみなって」

「はあ……」

ゾイドとの子供など考えたこともなかったが、そういえば婚約者ということは、その先にはそういう可能性があるということだ。いきなり現実的な話になって、そういうことにも大変残念なレイチェルは真っ赤な頬になってしまう。

「十人ですか。ではお国のためにすぐに始めないといけませんね。私の体力がどれだけもつか……」

「ゾゾゾゾゾイド様！」

レイチェルはもう首まで真っ赤だ。

ゾイドは表情を変えずにしれっとかなりの爆弾発言だ。何を始めると言いたいのだ。

もうゆでダコのようになってしまったレイチェルは、ともかく話題を変えたくて、気になっていた質問をする。

「な、なんで、その蝙蝠石の反応なんかで、私の魔力反応がゼロだとかそんなことがわかったんですか？」

「レイチェル嬢、この石は魔力を一旦通すと、他の魔術や魔力の干渉がない限り、生体の固有魔力を糧《かて》に輝くのです。貴女に飾った時、生体の固有魔力の反応ではなく、貴女が今纏っているドレスや飾りに施された幾重もの術式による魔術に反応し、メリルのように七色に。我が目を疑いました。石自体に何か仕込まれているのかを疑いました」

よくわからないが、ゾイドの説明ではともかく、蝙蝠石に、滅多にない反応があったらしい。

やっと、婚約者らしい、お洒落《しゃれ》な装飾品を贈ってもらったと思ったら、もうこんな騒ぎになってしまって、レイチェルは疲れてしまう。

「そしてレイチェル嬢、貴女はどうやら魔力が全くない、ただ、それだけのご令嬢ではなさそうだな」

ジークはテーブルの上にレイチェルが残していた書きつけを手に取っていた。

「この術式は先週からゾイドが手を焼いていた事件のものだな。違うか」

ゾイドはジークから紙を受け取ると、今度は目を丸くして書きつけを見て、そして顔を上げてレイチェルを見た。

最近ゾイド様表情がよく変わるようになったな、とレイチェルはぼんやり考える。

「……解いたのですか」

「あ、退屈だったので、机の上に術式の途中のがあったので解いてみたのです。これはね、術式と術式の間にトラップがあるでしょう？　一旦中和させてから一気に行くんですよ。緩急が大事なんですけど、コツを知らないとしんどいですよね」

ゾイドは天を仰いだ。ほぼ事故のように婚約してしまったこの大変地味な娘は、あろうことか伝説でしか聞いたこともないような、魔力の全くない娘で、そして研究所の一流魔術士達が束になっても解けなかった術式を、退屈凌《しの》ぎのこの数刻で、いとも簡単に解いてしまうような知識の持ち主だったのだ。そして、ウブでそれはそれは可愛い。この婚約は、女神の加護であったに違いない。……様々な思いが、忙しく次々に心を占領し、珍しく驚きの表情が隠しきれずにいるゾイドを、レイチェルは困惑の思いで眺めていた。

レイチェルは魔力が云々《うんぬん》はよくわからなかったが、難しい術式を解いて、この表情のない婚約者をびっくりさせた部分は気分良く理解できた。

（ちょっと難しかったのよ！　大分時間かかってしまったけど、上手にできたんだから）

ちょっと鼻の穴を膨らませて自慢気な表情をする。

レイチェルにとっては複合術式など簡単なパズルのようなものだ。何せ他のご令嬢達がお茶会やらお洒落やらに費やしている時間の全てを魔法史資料館で過ごし、術式研究と手芸による複合魔改造という悪行を行ってきたのだ。正直この程度のトラップなど、レイチェルに言わせると工夫が足りない。安直だ。

が、どうも貴人達の反応が思わしくない。沈黙が部屋を支配する。

しばらくの沈黙を破ったのはジークだ。

「レイチェル嬢」

かなり考えたのだろう、一つ一つ言葉を絞って、こう言った。

「君は、今の時点でアストリア王国の国防保護対象だ」

ジークは、淡々と続ける。

「しかも君は未婚の若い令嬢だ。高い魔力を持つ男達なら、こぞって家のため、君と子をなしたいと殺到するだろう。そして君の術式の知識は、王立魔術研究所の熟練研究員が、解析中に事故を起こしたレベルの術式をいともたやすく解読するレベルだ。他国に流出しては重篤な問題になりうる人材だ」

そして一息ののち、威風堂々たるアストリア王国第二王子の姿にて、高らかに宣言する。

「レイチェル・ジーン子爵令嬢。本日付けで、アストリア王国第二王子ジーク・ド・アストリア直轄の魔術研究所、王立魔術研究所の特別研究員に就任を命ずる」

第五章　王宮暮らし

件《くだん》の蝙蝠《こうもり》石の騒ぎの翌日、王宮内の女子寮にレイチェルは部屋を与えられた。

一旦ゾイドに連れられて子爵家に帰ったのだが、ハロルドはゾイドから隼《はやぶさ》の知らせを受けてより、何か覚悟をしていたらしい。また一気に寂しくなった頭を撫《な》でて、マーサと出立の荷造りの準備をして待っていてくれた。

マーサは健康に気をつけるようにとか、眠れない時の薬や虫刺されの薬やらを大量につめ込んで、右に左にオロオロと家中を歩き回り、馬車に乗り込んだレイチェルを送るハロルドの瞳には、うっすらと光るものがあった。

今日より、ここから魔術研究所の解読班に出勤するのだ。

あまりに急な話ではあったが、レイチェルという存在を一刻も早く保護するための処置だという。

レイチェルのような魔力の全くない人間は、「石」と魔術士達に呼ばれているらしい。……大変可愛《かわい》くない呼び名だ。

何をしても魔術に反応しないことからの呼び名らしいが、レイチェルはこの呼び名に関してはもうちょっと何とかしてほしいとは思っているものの、他にはおおむね満足している。

勤務といっても、主には他の研究者に求められたら、特異体質を活《い》かしたお手伝いと、たまに騎士団から上がってくる魔術の解読。あとは自由に、自分の研究をしていて良いとか。

「ここに紐《ひも》を通して、ここをこう。ボタンはここの袖《そで》の右下にあります。……さあこれでいいですよ、よくお似合いです」

制服のローブを支給されたが、ゾイドは初めてでは着方がわからないだろうと言って、子供のように着付けてくれた。出来上がりに満足そうなゾイドを眺めて考える。

(魔術の本は読み放題だし、刺繍《ししゅう》や手芸で術式を作っていればお給料をいただけるのね。外には外出許可がないと出られないって話だけど、どうせどこにも行かないし、要するに、これっていつも通りじゃない?)

残念令嬢は世間知らずなので、かえって適応力がある。

己の存在は一晩で国家の保護対象になったらしいが、そもそも友達もいないし、家族はレイチェルのことに関しては、相当前から放任なので、事の重大さがいまいちよくわからないのだ。

「レイチェル嬢、気分はいかがですか。昨晩はよく眠れましたか?」

朝のゾイドは、銀の髪が光り輝き、ローブの黒と相まって、大変幻想的である。

(眩《まぶ》しい……朝から体に悪い美貌だわ……すっかり目が覚めたわ。ここまでの美形だと、朝にお会いするのは目の毒になりそう)

今日は寮の前までゾイドが迎えに来てくれた。健康被害が及びそうなほどのゾイドの美貌に朝からやられてしまったのだが、気を取り直し、にっこりと返す。

「ええ、疲れていたみたいでよく眠れました。お部屋もまだ殺風景ですが、広くて気に入りました。館の私の部屋は、作業場みたいになってしまっていたので、かえって良かったですわ」

レイチェルの館の部屋は、もう物で溢《あふ》れて、作業場と自虐気味に表現したが、まさに作業場というか、正しくは納期間近な工場の作業場状態だ。マーサがそっと毎晩整理しておいてくれるのだが、翌日には同じことになっているのだ。

「昨日の今日ですからね。不足のものがあれば使いの者に届けさせますから、遠慮なくおっしゃってください」

ゾイドは柔らかく微笑《ほほえ》んで、極々自然にレイチェルの手を引いて歩き出す。

今日はレイチェルは、令嬢としてではなく魔術士としての出勤なので、手袋をつけていない。ゾイドもだ。

触れ合う素肌の手の温《ぬく》もりが存外に熱く、昨日足を踏み入れた、ゾイドの私室の部屋にむせ返る、ゾイドの香りを思い出してしまいレイチェルは真っ赤になって俯《うつむ》いてしまった。


「昨日通達したように」

ゾイドは研究室の魔術士達を部屋の真ん中の大きなテーブルに集めると、レイチェルを紹介した。

「彼女はレイチェル・ジーン子爵令嬢。今日からここで研究を始める。所属は解読班になる。皆仲良くしてやってくれ。なお、この令嬢は私の婚約者だ。手を出した者は炭にする。以上、解散」

部屋がどよめいた。

「ゾイド様の例の婚約者だと……」

「昨日の通達によると、『石』らしいぜ？　魔力が完全にない、国家保護対象とか……」

「案外地味だな、デビュタントの夜会の噂《うわさ》の主だろ？」

さざめく密《ひそ》やかな声には耳を傾けないことにして、ゾイドについて、ゾイドの研究室に入る。

ゾイドは今日から、レイチェルの上役にもなるのだ。

「掛けてください、レイチェル嬢」

レイチェルに、椅子《いす》を勧めた。相変わらず表情は読めないが、機嫌が良いらしい。体運びがなんとなく軽い。

「貴女《あなた》はこれでここの正式な研究員だ。そして正式に、『石』の国家の保護対象に認定されました」

ゾイドはそっとレイチェルの手を取ると、用意していた腕輪を机の引き出しの奥から取り出して、その腕にはめた。

「貴女の身分を証明するものです。青い石は第二王子の配下であることを証明するもの。ある程度は貴女の身の安全を保証するでしょう」

王家への祝詞《のりと》が古代文字で彫られた鈍い輝きの、深い青い色の石のはまった腕輪は、ゾイドの腕にもある。

「貴女は」

赤い瞳が一瞬、止まった。

「本当に私を驚かせる」

レイチェルの腕を掴《つか》んでいたゾイドは、己の胸にレイチェルを引き寄せ、気がつけば、柔らかな感触がレイチェルの唇に落とされた。熱すぎる吐息は、ゾイドのものだった。

「……失礼……」

ゾイドはレイチェルを解放すると、体を翻《ひるがえ》して、窓の外を見た。

レイチェルはその場で何が起こったか理解できずに、立ち竦《すく》んでしまった。

ゾイドの背中しか見えない。

(どんな、顔を、してるの、ゾイド様!)

心臓が早鐘のようにうるさい。

息が、できない。

背中でゾイドは、いつもの感情の見えない声のまま、言った。

「ジジが貴女の世話役となります。後ほど彼女からの指示に従って仕事をしてください」

レイチェルはがくがくと震える足を勇気づけ、ゾイドに一礼をして、扉の外に足早に逃げ出した。

扉の外に出て、廊下の角を曲がった所まで歩くことに成功すると、レイチェルはそこでへなへなと、座り込んでしまった。

レイチェルはまだ自身の身に何が起こったのか消化しきれずにいたのだ。

（さっきのは……）

唇が熱い。ゾイドの濃い、むせるような香りと赤い瞳が近づいてきて、そこからぼんやりとしか記憶がない。

（唇って柔らかいんだ……それから、男の人って、とても大きいんだ……）

体を壁に預けて、そっと己の唇に触れてみる。他人行儀な己の唇は、まるで自分の体の一部ではないように思えた。

体が、顔が、燃えるように熱い。

⁂

レイチェルが退出すると、ゾイドは椅子に体を預け、そのまま机の上に、突っ伏してしまった。

（しまったな……）

衝動的に、レイチェルに触れてしまった。

感情に抗《あらが》えずに、体が勝手に動いてしまうことなど、生まれてこの方初めての経験だ。レイチェルの近くに身を置くことで、ゾイドは初めて知る感情を知ったり、初めて経験することばかりだ。

ゾイドの研究室の机の上には、昨日レイチェルが解析して再現したフォート・リーの間諜《かんちょう》の残した術式があった。

大変複雑な術式で、ゾイドも研究室も解析に手を焼いていた。

『術式の気持ちになればいいんですのよ。ここにどんな力が入ったら心地良いか、バランスが良くなるか、そういうことを考えるんです』

昨日レイチェルがサラリと種明かしをした解析の方法は、聞いたこともないようなものだった。

『これは四層でできた術式でしょう、表層は春、二層目は夏、そして秋、冬です。二層目だけ術式の言語を変えているので、丁寧《ていねい》に一層ずつ解かないと、二層目の夏で発火します』

まあ簡単な話です、そう無邪気に笑っていた。

魔力がないということにも心底驚いたが、音楽の楽譜を解くように術式を解いてゆくその心のあり方にも、驚きだった。

一般的に魔力を持つ魔術士は、術式に自らの魔力を流し込んで反応を確かめて解析をする。魔力は水のように術式に流れ込む。だがレイチェルは違う。彼女にとって魔術はもっと軽やかで、音楽のように奏《かな》でるものなのだ。

ゾイドは今までに高名な魔術士や、賢者と呼ばれる類《たぐい》の学者にも会ってきた。だが、誰もレイチェルのように自身の魔法観を揺るがすような人物はいなかった。

だというのに、私室に通して放っておいたレイチェルときたら、ゾイドの散らかった部屋を整えて、汚れた食器を洗っていたり、文句も言わずに大変可愛らしく待つ、普通の可憐《かれん》な女の子なのだ。

有り体《あてい》に言って、要するに。ゾイドはレイチェルという存在に、今頃になって、すっかりやられてしまっていたのだ。

(婚約してからこんな気持ちになるというのは不思議なものだ……)

ゾイドの赤い目には、慈しみを知った穏やかな光と、絶対逃がさないと決めた、底光りする光が二つ、爛々《らんらん》と宿っていた。

✣✣✣

レイチェルが何とか立ち上がって、ヨロヨロと、研究所の赤い絨毯《じゅうたん》の廊下を歩いていると、控えていたらしい、見覚えのある顔に呼び止められた。

「あー、レイチェル嬢こっちこっち」

ジジが、ふにゃふにゃ笑って手招きする。様子のおかしいレイチェルに、何かを察したらしい様子だ。

「あー、どうせゾイド様が、何か無茶したんでしょう。あのお方は本当に怖いわよ。レイチェル嬢はえらく厄介な男に目をつけられたわね……何せ興味のあることには本当に！　まあ容赦がないんだから。無駄に優秀で、ああも身分の高い男から執着されるなんて、あなたついてないわね」

ゆっくりしなやかに伸びをしながら、その小さな体を、レイチェルの前に滑らせてきた。

相変わらずクシャクシャの金髪だ。猫のようだな、となんとなくレイチェルは思う。

「ねえ、よく見せてよ」

そう言うと、ジジはそれこそ、頭のてっぺんから爪先まで、レイチェルを検分した。

「ローブの下のドレスの術式ね、発動してるの。こんなに素直に発動するということは、やっぱりあなた本当に魔力がないのね。呆《あき》れた……こんなに魔力の才能のない人間は見たことないわ……」

小さくて可愛らしいのに、不躾《ぶしつけ》な上に結構な口の悪さだ。居心地が悪い。

「それが件の蝙蝠石？　なるほど。この反応はないわー。早くに保護されて良かったじゃない。というか、あなたの身分を考えると、ゾイド様が直接発見できたなんて奇跡ね」

ジジは一人でぶつぶつ呟《つぶや》く。

「ジジ様、えーっと……私未《いま》だによく実感が湧かないのですが、魔力のない人なんて、平民ではたくさんいるし、こんな私なんか保護してもらうような価値も何もないんです。ここではいつも通りに手芸していればいいってゾイド様はおっしゃってるんですけど、お忙しいみなさんのお邪魔するのが心苦しくって」

なんだか色々説明してはもらったが、何一つ実感は湧かないし、レイチェルは勉強も普通よりできないし、社交はてんでダメだし、そもそも地味だし。

ジジは途中まで話を聞いていて、それからケタケタと笑い出した。

「レイチェル嬢、あなた本気でそんなこと思ってるの？　魔力がほとんどない、と全くないとでは、完全に話が違うのよ。全く魔力のない人間を探し出せたのは本当に奇跡よ！　大体あなた、魔力の件がなくても、あなたみたいにおかしな術式を何個も重ねることで魔術を発動させることのできる人間なんて、この魔術研究所にだって一人もいやしないわよ。あなたの紋や術式への知識に、あの兄様ですら感心してたもの」

「兄様って？」

訝《いぶか》しげにレイチェルは問う。

引きこもり令嬢に知り合いは少ない。どこぞの兄様の話をしているのやら。

「ジーク兄様よ。お茶会に子爵令嬢を呼んだって聞いてびっくりしたわ。あの人本当に令嬢とのお茶会が嫌いで、自分からお茶会に令嬢呼ぶなんてありえないからね。レイチェル嬢とのお茶会の後は本当にご機嫌だったんだから」

(え、ということはこの目の前のちびっこは、王族?)

そういえば尊い方の目と髪の色をしているような……。

今更気づいた事実に茫然《ぼうぜん》としているレイチェルの考えを遮って、ジジは続ける。

「あ、私はジーク兄様の従姉妹《いとこ》で、王妃の弟の娘なの。ロッカウェイ公国の大公の娘なんだけれど、先祖返りで、私魔力が生まれつき強くて、体がそれに耐えきれなくて、何度か発作を起こした挙句、体の成長不全になってしまってね」

こんな姿だけど、本当は二十一歳なのよ、と寂しそうに笑う。

「ロッカウェイ公国はあまり魔術研究が進んでいないので、お父様が王妃にお願いして、今はアストリア王国の魔術研究所預かりになってるの。ゾイド様のおかげで、少しずつではあるけれど、成長してるのよ」

「た、高い魔力を持つというのも、色々あるのですね……私はずっと、魔力がないというのが恥ずかしかったので、全く魔力がないと言われても、恥ずかしさが増すばかりで……」

実際、貴族の子弟の恒例である、魔力の反応を測りに神殿に赴《おもむ》いた際、レイチェルほど魔力反応のなかった子供はおらず、穴があったら入りたい気持ちで家路についたことを覚えている。

一緒に測定したライラはすぐに、ささやかながら華やかな水魔力反応が見えて、子爵夫妻の周りは、ライラの反応を褒めそやす他の保護者達に囲まれたのだ。「それに比べて……」など言うような人間は、優しいジーン子爵家族も、その周りにもいないが、どうしても同情の目というものがレイチェルに向けられた。

周りの皆が自分を笑っているような気がして、いたたまれなくなって、その日以来引きこもりっぷりに拍車がかかったのだ。

「あなたと私と、ちょうど半分だったら良かったのにね」

ジジはクスッと笑っていった。

「きっと私達、いい友達になれるわ」

ジジは、優しい目をしてレイチェルに言った。

ジジの案内で、レイチェルは自分に与えられた研究室に入った。第二王子が寄越した肩書きは大それたものだったが、レイチェルの「研究室」の実情は、レイチェルの作業場と化した子爵の館の部屋に転がっていた道具をほぼそのまま持ってきた物なので、布だの改造中のドレスだの、糸だのが、所狭しと並べられて、なんだか申し訳ないくらい威厳がない。

世話焼きらしいジジの案内で他の研究員も紹介してもらい、彼らの部屋もあれこれと見せてもらったが、皆それぞれに個性が強く、雲ばかり研究している者、魔物の毒ばかり研究している者など様々だ。皆優しいが、レイチェルと同じように魔術のこと以外には興味が薄いらしく、残念令嬢には大変心地が良かった。

紹介された直後、皆一様にレイチェルのドレスの術式の解析を始めたのには苦笑だった。どうやらレイチェルの術式は魔術を志す者にとっては相当面白《おもしろ》いものらしい。あれやこれやと術式の話を皆と交わしているうちに、日はゆっくり傾いていった。

ようやく日の暮れる前、最後に向かったジジの部屋は、高い天井に届くその戸棚の全《すべ》てに、ありとあらゆるポーションが溢れていた。

ジジにとって、研究は自身の未来への唯一の道らしい。

才媛と名高いロッカウェイからの高貴な留学生の話を、ようやくレイチェルはどこかで読んだことを思い出した。

どこかのタブロイドだったと思う。「非業《ひごう》の姫君」だのなんだの、そういう類の話だったとぼんやり思い出した。

涙ぐましい数のポーションと、文献の数。

ジジは自らの手で、己の運命を変えようと、単身遥々《はるばる》アストリア王国までやってきたのだそうだ。

「まだ見つからないのよね……」

ジジはため息ながらにそう言った。

「今は魔力の発作をゾイド様と開発したポーションで抑えている状態なのだけれど、体が発作に備えて、成長を止めてしまったの。体が成長を取り戻すには、完全に魔力を受け止めきれるようにならなければいけないの」

発作を抑える方法は見つかったが、そこから先がまだ見つからない。そこから先が見つからないと、普通の女としての人生は難しいだろうと、静かにジジは語った。

残酷な現実を淡々と受け入れるジジの話をただ静かに聞いて、レイチェルは何も言えなくなってしまって、そして、気がつくと、レイチェルの頬《ほお》にはいく筋もの熱い涙が伝っていた。

「あ、レイチェル嬢、なに。ちょっと!」

ジジが慌てて駆け寄ってくる。

「だって……ジジ様はそんなに優秀で、身分も高くて、私なんかにも、こんなにお優しいのに……前の王妃様みたいにお美しいのに。魔力が高すぎて、成長が止まってしまったなんて……そして外国までお越しになられて、研究されているなんて……」

エグエグと、子供のように真《ま》っ直《す》ぐに涙を流すレイチェルを見つめてジジは少し混乱して、なんだか絶望して、それから温かい何かが溢れてくるような気持ちになった。

レイチェルの反応はあまりに素直なものだった。

素直すぎて、すっかり忘れてしまっていた己の心を思い出したのだ。

ジジに魔力の問題がなければ、白百合《しらゆり》の如《ごと》く麗《うるわ》しい貴婦人となって、今頃はロッカウェイ公国の社交界の花となっていただろう。誰か貴公子と結ばれて、子をなしていたかもしれない。

覚えている最初の発作は四歳くらいの頃。体が燃えるように熱くなり、倒れて三日も目覚めなかった。魔力発作が原因であると判明したその日から、公国一優秀な魔女が家庭教師となって魔力のコントロールをたたきこまれたが、成長に連れて魔力もどんどん大きくなり、十歳で起こした大発作の後、体は成長を諦めた。

ジジの両親は愛情深く、そして聡明《そうめい》だった。

決して一人娘の状況を嘆くことなく、諦めることなく、高い教育を与えて、励まし続けて、だがデビュタント前にアストリア王国まで送った。

ジジは両親を心から尊敬している。運命を受け入れるようにジジを諭《さと》して、きつく周りも戒めたらしく、誰の口からも、ジジの体について一言も話の端にも上がったことはなかった。

故にジジは、己の体は不便だとは思ったが、悲しいと泣いたこともなければ、次々に花のように娘らしくなってゆく友人達を、羨《うらや》んだこともない。

だが。

(私は、やっぱり悲しかったのではないか?)

愕然《がくぜん》と、ただのか弱い乙女《おとめ》の自分の心の部分に気がついた。

今まで、いなかったことにしていた自分だ。だがどれだけ強くなっても聡明になっても、心にか弱い乙女は住んでいる。

目の前で滝のように涙を流す風変わりな娘を見る。

この娘は、本当にウブで素直で、裏も表もないのだ。剥《む》き出しのか弱さで、同じか弱い乙女である自身の身を思い、掛け値なしに涙を流しているのだ。

ジーク兄様の言っていた通りだとジジは思った。

気がつけば、ジジの頬にも熱い涙がすべっていた。

(……え??)

感情を伴っていない涙がいく筋も自身の目からこぼれ落ちる。

自身の身を憐《あわ》れんだことはない。でも、一度くらいは自分のために泣いても良いのでは。

涙が頬を落ちるたびに、何かが溶けていくような。溶けた跡から、温かい何かが芽を出したような

そんな気がした。

二人でひとしきり泣いた後、ジジはとっておきのチョコレートを出してきた。ロッカウェイ公国で大変な人気の、口の中で雪のように溶けるチョコレートだ。

目を腫《は》らした二人の令嬢が夢中でチョコレートを貪っている部屋に、迎えに寄越されたローランドは、のちにその様子を「サバトのようだった」と回顧する。

レイチェルは、生まれて初めて友を得たのだった。

第六章　神殿の乙女《おとめ》

レイチェルが王宮の女子寮に住み始めて、魔術研究所の研究員になってから、あっという間にひと月が経《た》った。

今ではレイチェルは、王宮では知らぬ者のいないちょっとした有名人だ。

毎日レイチェルの寮の部屋には客がひきも切らない。

「レイチェル！　こないだは靴下ありがとう。おかげで本当によく眠れたわ！」

「あ！　良かった、効いたのね」

「効いた効いた！　本当に助かっちゃった。ありがとうね。これさ、お礼ってほどでもないんだけどね、貴女《あなた》に焼いてきたパイなの。良かったら食べて頂戴！」

今日のお客は向かいの部屋に住んでいる、王宮本館のメイドだ。

冷え性で眠れないと言うので、レイチェルは支給品の靴下に、魔法陣を刺繍《ししゅう》して、一晩ポカポカ暖かい靴下を作ってあげたのだ。

これが魔力の高い人間が陣を刺したらそうはいかない。魔力が通って、燃えてしまう。

そして残念なことに、レイチェルほど高い陣や紋の教養の持つ者は、決まって高い魔力保持者、すなわち高位貴族ばかりなのだ。靴下にポカポカ陣を展開して縫いつけているような人物は、国中探しても、レイチェル以外どこにもいないだろう。

レイチェルは他にも、不眠で困っている門番に、眠くなる軽い呪いのかかったぬいぐるみを縫ってあげたり、胃痛で悩む金庫番のマダムに、痛みが軽くなるように紋の三つ重ねという魔術的には大変贅沢《ぜいたく》な術式の入ったビーズの首飾りを渡したり、効果が抜群ということもあって、王宮にはレイチェルの噂《うわさ》が駆け巡ったのだ。

レイチェルにしてみたら、屋敷でマーサやライラにしていたこととまるで同じことをしているだけで、こんなに人に喜んでもらえて、嬉《うれ》しいやらくすぐったいやら、すっかり楽しく王宮生活を過ごしている。

「レイチェル嬢、随分と王宮の生活に馴染《なじ》んできましたね」

毎朝婚約者を迎えに寮の入り口まで訪れているゾイドは、日々レイチェルが挨拶《あいさつ》をかわす人々が増えてきたことに驚きを隠せない。

「私なんかの魔術と手芸を、みなさん喜んでくださるんですよ！」

屈託なくレイチェルは笑う。

ゾイドは、そんなレイチェルを、素直に可愛《かわい》いな、と思うのだ。

「でもたくさん失敗もしたんですよ。皿洗いのニーニャの手袋に、水を弾《はじ》く仕掛けを施したら、お皿が滑ってしまってたくさん割れて、使えないって」

正直ゾイドは、ほぼ引きこもりのレイチェルがこれほど王宮生活に馴染むとは思っていなかった。

まあ研究所ではうまくやるだろうと思ったが、先日清掃中のメイドに、レイチェルにお礼を言ってほしいと言われ、レイチェルが彼女のために作ったという、腰痛がマシになる腹帯を見せてもらったのだ。

腹帯の腰の部分に、周囲の空気が軽くなる仕掛けの陣が縫いつけてあった。

腰が少し軽くなるので、痛みが軽くなる。痛みに直接作用する陣ではなく、周囲の空気を調節する、工夫の凝らされた魔術だ。

この陣は非常に古い陣で、その分威力は弱いが、持続力が近代のものより優れている。

刺繍に使った糸の色は、赤と、オレンジ、そして黄色。糸の力により、陣には発動時にほんのり温かくなる仕組みが施されてある。

よく使い手のことを考え尽くされた陣だ。

腰痛は死に至る病ではないが、メイドにとっては毎日の死活問題であったはずだ。痛みに直接作用する陣では、効果が強すぎる心配があるが、空気が軽くなるだけの仕掛けなら、その心配もない。

メイドのゾイドを見る目が、完全に、「お世話になっているレイチェル様の婚約者」であって、「第二王子の側近、魔法伯家の嫡男の、かの高名なゾイド様」でなかったのが新鮮であった。

レイチェルの陣には、特別複雑な仕掛けがあるわけではないが、全く無理がなく、そして生活に大変密着している。

生まれながらに高い魔力を保持し、王家に匹敵するほどの高い地位にある魔法伯家に生を受けたゾイドにとっては、レイチェル絡みで見るものも、聞くものも全て新鮮だった。ゾイドにとっての魔術とは、より高みを目指すもの。レイチェルにとっての魔術は、より生活に密着したもので、興味が尽きない。

多忙なゾイドにとって、朝の、女子寮から研究所までレイチェルと一緒に歩く短い逢瀬《おうせ》は、何にも変えがたいものとなっていた。

⁂

緊迫していたルーズベルトの聖地で、ついに紛争の狼煙《のろし》が上がったとの報告があったのは、二週間ほど前のことだった。

同じ女神を信奉する両国だ。

祈りの時間の場所の争いという小さな前線の兵による小競り合いが、緊張状態であった場所が場所であるだけに、すぐに両国の軍を巻き込んだ大掛かりなものとなった。緊迫はこれまでにない深刻なものになりつつある。

国内には緊急事態宣言が発令され、不穏な空気は王国中を埋め尽くした。

全軍臨戦態勢となり、第二王子の指揮の下《もと》、国防は厳戒体制が敷かれた。

もちろん、魔術研究所もその例外ではない。普段は人気《ひとけ》の少ないこの研究所も、軍部からの黒い軍服の参謀が何人も入るようになった。

防音の魔法陣が施された部屋から、ゾイドの隼《はやぶさ》が毎日飛び立つのを塔から見て、いいかげん箱入りのレイチェルも、この国の置かれている状況を少し理解し始めた。

毎日お昼ご飯を共にしているジジも、多忙を極めている。

「今日もね、兄様の密命で自白剤三十本よ。ポーション作りをなんだと思ってんだか」

サラダをつつきながら、ぶつぶつとジジはこぼす。

今日のお昼は、サンドイッチと、サラダと、パイがなんと五種類も。

ジジが城下町まで薬品の材料を求めた際に、ついでに山ほど新作のパイを買ってきたのだ。

レイチェルはまだ外出許可が出ていないので、城下町の新作のデザートは、飛び上がるほど嬉しい。

今日は大急ぎで作った、パイがちょうどいい温度で温めなおせる術式を施したランチマットを用意して、レイチェルの部屋でのランチだ。

自白剤を作製できるほどの実力を持つ魔術士の中でも、ジジのポーションはその質の高さにおいて国内で右に出るものはない。

一般的な実力の魔術士では一本作製するのにふた月ほど時間がかかる。

ジジはそのおおよそ三分の一の時間で、倍の数を作製できるというのだが、それにしても三十本とは、長期戦を見越しての準備であろう。

「私もゾイド様のお顔をもうずっと拝見していないわ」

もしゃもしゃとサラダを頬張りながら、レイチェルは赤い瞳を思う。あの人のことだから、また眠っていないのだろう。ご飯食べてるかな……。

「冗談じゃないわよね、無理やり婚約しといて無理やりこんなかび臭い研究所に放り込んでおいて、ちっともレイチェルを遊びに連れてってやりもしないし、贈り物の一つもしてないみたいじゃないの」

婚約者失格よね、とプリプリとジジはデザートのパイにかぶりつく。

ちなみに魔術士達はみな一様に大食いだ。

魔力というものは、相当の熱量を消費するらしく、この少女のごとき小さなジジも一人でパイを三つでも四つでも食べてしまう。ジジほどの魔力保持者となると、一日中全速力で泳いでいるほどの熱量が、何もしないでも消費されるらしい。体の成長が止まってしまったのも頷《うなず》ける。

レイチェルも最初は魔術士達の食事量に目を丸くしていたが、もうすっかり慣れたもので、その食べっぷりの良さを見るだけでも、同僚達と食事を一緒にするのはとても楽しい。

「仕方ないわー、あのご多忙さですもの。それに蝙蝠《こうもり》石はいただいてるわよ。あ、ちょっとジジ、そのパイまだ私食べてない！　半分寄越してよ！」

「あんなの贈り物のうちに入らないわよ。もうちょっと、観劇に連れてってもらうとか、ドレスを贈ってもらって、夜会に行くとかさ、こう、乙女《おとめ》心をグッと掴《つか》むやつよ。レイチェルもおねだりすればいいのに、あなた達本当に枯れてるわよね。あ、レイチェルこそ、そのパイの中身全部食べた？ずるい！」

二人が、わいわい最後のデザートのパイに手をつけた頃、ノックもなしにドアが開いた。

「……レイチェル嬢」

幾日かぶりに目にする、麗《うるわ》しの婚約者様だ。何日もまともに食事もしていないのだろう、美しい瞳は曇り、頬は少しこけたようだ。もつれた銀の髪が気怠《けだる》く、より色気が増して見える。

（つ、疲れているゾイド様も尋常でなく美しいなんて、やっぱりゾイド様、ディエムの神人の血縁かしら……私が疲れたって吹き出物が出るだけなのに……）

入室の許可も得ず、美しい男は少しよれたローブを引き寄せて、どっかりとソファに座り込んだ。

「レイチェル嬢、貴女に協力要請が出た。すぐに私と一緒に第二王子にお目通りを。ジジ、ポーションが全《すべ》て完成するのはいつくらいになりそうだ」

「……何本必要ですか。期限は？」

「まずは六本。明日の月が昇るまでだ」

ジジは先程までの子供のような表情豊かな顔から一転、氷のような冷徹な顔でゾイドに一礼すると、言葉もなく部屋を出た。

レイチェルは、ようやく言葉を発した。

「ゾイド様、私に一体何ができるのでしょうか」

ゾイドはソファに預けていた体を起こして、

「君の知識が必要だ。よりにもよって王宮の女神の神殿に術式が張られた。解除できない場合は、おそらく開戦になるだろう」

両国とも、女神信仰が篤い。

神殿が汚された場合、それが対立する国の仕業であると扇動された場合の国民感情は、両国ともに予想が易い。

「……女神のお導きのままに」

震える膝《ひざ》を掴んで、それでも、レイチェルはそう答えた。


ジークは作戦本部の、奥の部屋にいた。

もう三日もまともに眠っていないと力なく笑いながら愚痴《ぐち》をこぼしていた。

側《そば》に控えるルイスや、ローランドはその比ではないのだろう。どの目の下にも黒い隈《くま》があり、ここ数日の激務が思われる。

レイチェルはどう言葉をかけて良いかわからず、俯《うつむ》きながら話を聞く。ローランドは言葉もなく、幾重にも重ねた防音結界を作り上げた。結界の中の空気は張り詰めていて、息を吸うのも痛い気がした。

レイチェルは拳《こぶし》を握り締めて、ジークの言葉を待った。

「君に依頼したいのは、神殿の奥に張られていた術式の解除」

ジークはバラリと数十枚の紙をレイチェルの目の前に置いた。

「神殿に展開されたという術式の全てだ」

組み込まれた術式は極めて複雑なもので、緊急避難的に、術式が発動しても神殿の崩壊を阻止するよう、周囲の壁に強い氷の術式を展開している。ゾイドの技だとレイチェルは直感した。

レイチェルは怯《おび》えながらも、術式の一つ一つに目を通す。

かなり古い、外国の術式を重ねてある。

「お嬢ちゃん、これは全て神殿の天幕に張られていた術式だ。解除しないかぎり天幕は大爆発を起こす仕組みになってる。って、お嬢ちゃんならすぐにわかるか」

明るいルイスの声が、嗄《か》れていた。

容疑者は何名か捕らえている、とジークは言った。ジジのポーションの行く先であろう。

「我々が解呪《かいじゅ》する際は、術式に魔力を通してその全容をまず把握し、そして対抗する魔術を展開する。が、この術式は聖なる天幕の上に書かれている。魔力を通すと、その瞬間に天幕が燃え上がる術式を幾重にも重ねて、必ず解呪の際に、魔力による発火が発生するように仕込まれている。神殿を焼き払ったという汚名をこちらに着せるつもりなのだ」

ゾイドが淡々と続けた。

レイチェルはその間にも、術式から目を離さない。

「……ゾイド様、天幕は清められた絹と麻でできていて、天幕に出入りが許されるのは、『神殿の乙女』のみだったと記憶していますが、違いますか」

ゾイドは苦しそうな顔を見せて、吐き出すようにこう言った。

「レイチェル嬢、私も女神の信奉者だ。ここにいる者全てが、そうだ。我々では聖なる天幕に触れることすらできない」

レイチェルは、理解した。

「神殿の乙女」とは、女神の神殿でその身を女神に捧《ささ》げ、女神の手足となり、声となって、女神の教えを広める役割を担う栄誉ある乙女達のことである。

厳しい選抜ののち、神殿長の祝福を受け、正式に「神殿の乙女」の役割を与えられた乙女達の身には、女神の息吹きが宿ると言われている。女神の聖域と呼ばれている場所には女神の息吹きをその身に宿した神殿の乙女のみ、女神の名代として出入りが許されるのだ。

女神の天幕は、そんな女神の聖域の一つで、聖域に神殿の乙女以外が出入りすることは、女神の怒りに触れる。

広いアストリア王国の中でも、これだけの複雑に組み込まれた術式を、魔力の発動なしに解呪することができる娘など、そうはいない。

しかも秘密裏に処理をしなくてはいけない。

レイチェルに神殿の乙女としての役割を与え、そのか細い双肩に、この国の未来の行方を託さざるを得ないのだ。

(きっと、これが女神のお導きだったのだわ)

レイチェルは、もう顔を思い出すのも難しくなってしまった、亡《な》き母をぼんやりと思い出した。

何をしてもライラのように上手にできず、友達もうまく作ることのできなかったレイチェル。自分でも好きになれない地味な顔つきで、いつも妙な本ばかり読んでは針を握っていた少女時代の頃だ。

その日も他の子供達の輪に入ることができなくて、ひとりぼっちで泣いてたのを母が慰めてくれたのだ。

――レイチェル。泣かないで。

人と違うって、大変よね、辛《つら》いことも多いわね。でもね、女神様は人と違うようにお前をお作りになったのよ。人と違う何かをお前になしとげてほしいと。そうお思いになったからよ。

だから涙を拭いて、お前がお前でいることを誇りにしなさい。お母様はそのままのお前を心から愛していますよ。女神様のお導きがある、その日まで、胸を張ってお前のままでいなさい――

「すぐに向かいます」

真っ直ぐに顔を上げ、レイチェルはゾイドの顔も見ずに、ジークに告げた。

すぐに神殿長が呼ばれた。

略式ではあるが、神殿長より祝福を与えられ、レイチェルは臨時の「神殿の乙女」となった。

（私なんかが神殿の乙女になる日が来るなんて、人生ってわからないものだわ……）

神殿の乙女に選ばれることは、このアストリア王国の娘達の中でも最も名誉あるとされることの一つである。高い魔力を有している貴族の子女の中で、その中でも希少な光属性の魔力の属性を示した娘達の中から、さらに厳しく選抜されて選ばれる。

乙女に選ばれると、結婚するまで女神に直接仕える、「神殿の乙女」となるが、神殿の乙女を輩出した一族はそれを大変な栄誉とし、乙女達は結婚相手として大変人気が高い。

神殿の乙女の纏《まと》う白い柔らかなドレスは、王国の娘達の憧れなのだ。

残念令嬢レイチェルですら、子供の頃、姉と共に乙女ごっこをして遊んだことがある。どこかにおもちゃの白い衣装がまだしまわれてあるだろう。明らかにレイチェルには縁のない世界だと思ったものだが、本当に人生とはわからないものである。

神殿長の案内で、ジーク、ゾイド、ローランドとルイス、そしてレイチェルは、執務室から王宮北部にある、女神神殿の内部に向かった。

神殿は、普段は神官や、巫女《みこ》達でごったがえしている。ジークの執務室からは、徒歩でもそう遠くない距離で、戦時や災害時などの非常時や、祭典の際には、民間人の避難場所として広く開放される場所だ。

今日の神殿は完全に人払いがされて、内部は完全なる静寂の世界だ。

真っ暗な内部を神殿長は先頭に立ち、左手を掲げて、魔術でぼんやりとした灯《あか》りを灯《とも》し、レイチェル達の足元を照らした。この国の最高魔術士の一人である神殿長にとっては、造作もない美しい魔術だ。

すべやかな白い石で囲まれた、いくつもの部屋を通り、ようやく大きな扉を開いて、奥の天幕の部屋まで辿《たど》り着いた。

レイチェルもこの天幕の部屋に入ったのは初めてだ。

ここは祈りの部屋。特別に許された聖職者のみが、この部屋への入室を認められる。

天幕の部屋は、王城の大ホールよりも広い、静謐《せいひつ》な空間だった。天井は、どんな音でも木霊《こだま》する、高い、空まで届くかのごとき天井だ。遠い天窓から月明かりが差し込む。

奥には小さな白い天幕が、魔力による松明《たいまつ》の灯りによって美しく照らされていた。

空まで続く白い壁にはいくつもの創世神話の登場人物の彫像が彫られており、聖水が流れる水路が、天幕を囲むように走っている。松明の燃える音と水の流れる音のみが、高い天井に届く。

水路には、天幕にむけて一本の橋が架けられてあった。

「ゾイド様、ここから先は我々は入ることが許されていません。レイチェル嬢一人で橋を渡っていただきます」

橋の前まで進むと、神殿長は言った。

ゾイドはここまでの道のりで、ずっとレイチェルの手を離さなかった。強く、固く握られたゾイドの手のひらからは、じっとりと汗が滲《にじ》んでいた。

「ゾイド様、私は大丈夫です。見守っていてくださいませ」

レイチェルは冷静だった。

ローランドに持っていてもらった、レイチェルの手芸用品の入った大きなバスケットを受け取ると、ゾイドをそう諭した。

ゾイドは名残《なごり》惜しそうにレイチェルの小さな手を胸元に抱き締め、そしてその手を、己の唇へと運んだ。

「レイチェル、私は貴女を失いたくない」

ゾイドは震える声を抑えて、絞り出すように、掠《かす》れた声で、そう言った。

万が一術式が発動すれば、レイチェルの命の保証はない。

また、女神の怒りをその身に受ければ、どのようなことがレイチェルの身に降りかかるのか、それも定かではない。

「レイチェル……私は、貴女を失うのが怖い。私は、私は……貴女を……」

ゾイドはレイチェルをその胸にぐっと抱き締め、耳元で吐き出すように、力強く、呟《つぶや》いた。

「……愛しています」

揺れる赤い、切ない瞳を背に。

レイチェルは一人、聖なる橋を渡った。

✣✣✣

レイチェルは振り返ることなく、聖なる橋を渡り、たった一人天幕の中に入っていった。

月明かりに照らされて、天幕は水上に浮かび上がった幻の城のようだった。水面に映る、レイチェルの美しい背中が、音もなく吸い込まれていく。

ゾイドは久しく忘れていたこの感情を思い出した。

（そうだ、この感情は――恐れ、だ）

ゾイドは、何もかもが己の思いのままの人生を送ってきた。

王家に匹敵する名家である、魔法伯家の長男として、高い身分と高い魔力を持って生まれ、子供の頃から天才の名を恣《ほしいまま》にしてきた。

馬術も剣術も、すぐに師を超え、学術に至っては、国内での首席最高学位の栄誉が与えられている。

潤沢な富を有した伯爵家の両親はこの才気溢れる長男に何一つ惜しむことなく与えた。

人外の美貌と称され、あまたの女達の愛も、男達の羨望《せんぼう》も、恣にしてきた。

何もかもが思うがままで、ゾイドは周囲の人間にも、この世にもすっかり退屈だった。

唯一魔術だけは不思議と退屈しなかった。

魔術には底がなく、学べば学ぶほど、知らないことの多さを思い知らされた。古今東西の魔術を学び、恵まれた魔力を使い魔力でねじ伏せるように様々な術式を手に入れてきた。

それでも、まだまだ極みは遠かった。

レイチェルは魔力の一つも持たない娘だった。

ただ魔術を愛し、それを自分の楽しみと、人の役に立つことを真っ直ぐな心で喜んでいた。

魔術の術式も、単純なものからとんでもなく高等なものまで分け隔てなく、そして惜しみなく楽しんでいた。

（魔術とは、古来このように、人と寄り添ってきたものかもしれない）

レイチェルはゾイドのことも、魔術と向き合うように、一人の人間として真っ直ぐに向き合ってくれた。おそらく両親ですら、ゾイドの輝かんがばかりの才能や美貌の前に、ゾイドその人の本質と、レイチェルのように向き合うことはなかったと思う。

レイチェルと一緒にいると、感情のない男と呼ばれて久しかった自分に、遠くに置いてきた驚きや、感動、楽しいといった忘れていた感情が、砂漠に水が撒《ま》かれた後の植物の芽吹きのように蘇《よみがえ》ってきた。

そして、レイチェルを前にした時に胸に湧き出るその感情の名を知った。

「ゾイド、お前……」

痛々しそうにルイスがうわずった声をかけた。

赤い氷と呼ばれる国で屈指の魔力を誇る、感情の乏しい、この男が、剝《む》き出しの感情で、あの地味な娘に愛を告げ、その安全を案じ、身を悶《もだ》えて苦しんでいる。

ルイスは、ゾイドの感情の薄さがずっと気に入らなかった。どんな場面でも飄々《ひょうひょう》と、まるで観劇しているかのように感情の起伏を見せることはなかった。先の大戦でも、淡々と敵軍を駆逐してゆくゾイドを目の当たりにして、人の心があるのかと、密《ひそ》かに思っていたこともある。

「お前もただの男だったんだな」

しんみりとルイスは呟く。

「なんとでも言え」

吐き捨てるようにゾイドは言い放つ。

胸が苦しい。立っているのも辛い。

まだ己の胸元に残る、レイチェルの香りが風に乗って霧散してゆくのが憎い。

ローブを取って、乙女の白いドレスの姿で橋を渡るレイチェルは、この世の者とは思えないほど可《か》憐《れん》で、その大きく開いた背中はどこまでも頼りなく白く華奢《きゃしゃ》だった。

「レイチェル嬢に託すしかなかった。すまない」

苦しそうにジークは声を絞った。

ゾイドにも理解できている。この場合の適任者はレイチェル以外にいないのだ。

だから、この行き場のない思いは、ゾイド個人のものだ。胸が引き裂かれるように痛い。

レイチェルを思うと、叫び出したくなるような、泣きたくなるような、甘い甘い痛み。

(レイチェルが天幕から戻ったら)

息ができない。
天幕の中にレイチェルの影が見えた。
ここからは、男達にできることは何もない。
（もう一度、結婚を、申し込む）

⁂

男達の思いを背に、レイチェルは一度も振り返らずに細い橋を渡っていった。
正確には、振り返ることができなかったのだ。
ルイスあたりがレイチェルの顔を見たら、このような事態でも大爆笑しただろう。
（@$$ %$ &%＊&・・ でえええええええ！！！！！！）
レイチェルの歩みこそ、しずしずとした美しいものではあったが、その顔ときたら、ふにゃふにゃになったかと思えば、青くなったり赤くなったり、一人で百面相の状態。令嬢にあるまじきみっともなさで、とても人様にお見せできるような顔をしていなかった。
（でえええ!! ぎええええ!! ちょっとゾイド様、言ったわよね！！！ 愛してるってさ、愛してるって！！！ レイチェルのことよね！ ちょっとマーサ、早く話聞いて、お姉様!! ゾイド様あのめちゃくちゃな美貌で、愛してるってさ、私のことそう言ったのよおおおおお！！！）

多分今晩、死ぬかもしれない。

レイチェルもアストリア王国のために、悲壮な覚悟でジークの依頼に応《こた》えた。

だが根が残念令嬢である。

あまり考え込まないのが、自分の美点じゃないかしらとレイチェルも自負している。

今日、今晩死ぬかもしれないけど、憧れの神殿の乙女のドレスを着せてもらって、人外の美貌の婚約者に愛を乞《こ》われたのだ。まあ、ぶっちゃけそんないいことがあった夜になら死んだって、別に後悔ないよね、と極めて明るいのだ。というか、只今《ただいま》絶賛死にそうだ。

ともすればニヤニヤが顔に出てしまいそうになる。

(ちょっと鼻血出てないよね？　うわー、顔見られないでほんっとうに良かった。さあ、さっさと終わらせてゾイド様に、私の気持ちもお伝えしないと……えー！　っていうことは私、何を言えばいいの？　嬉しいって？　それだけでいいんだっけ？？　ちょっと違う気がする、え、わかんない、一体どうしよう？？？)

思いきりやましい思い全開で、この国で最も清浄な場所である天幕の前に立つ。

今女神にバチを当てられても絶対文句言えないなあと、抑えられない興奮を胸に抱き、レイチェルは天幕の中に入った。

天幕の中は、外の松明からの柔らかなオレンジ色の光に満たされていた。

中央には、女神が降臨したその足跡とされる、古代の魔法陣の跡があり、その周りを囲むように、幾十もの祈祷《きとう》文や祝詞《のりと》が重ねられている。光属性の乙女が祈りを捧げると、これらは大きく発動し、天幕内は髪一筋の不浄も侵入を許さないものとなるのだろう。

その聖なる足跡に、天井から、禍々《まがまが》しい黒い影が映っていた。

(術式が、天幕の外側の天井部分に張られたのね。確かに、これだけの祈祷がある内部には術式を展開できないから、天井から天幕に直接術式を落とし込んだってことね)


うーん、どうしよう。


レイチェルは、繁々《しげしげ》と張られた術式を観察した。

見事な複合術式だ。

術者の天幕への肉体的な接触を完全に防ぐために、術式は空気中のすすを利用して、魔術で陣を構築し、天幕の布に固定化して張り付ける方法でかけている。

芸術のような見事なその複合術式は正直、実に勉強になる。

誰かは知らないが、これほどの術式を天幕に非接触で構築するなど、見事なものだ。おそらく、ゾイドクラスの魔術士の手による作品だろう。

この術式を爆発させずに一つ一つ解いていくには、それは長い時間を掛けて複雑な工程を丁寧《ていねい》に、丁寧に外していく必要がある。

そんな悠長な時間は、アストリア王国に許されてはいない。

感嘆の気持ちを持って術式を観察していたレイチェルは、あることに気がついた。

大変複雑な構築ではあるが、術式自体は、空気中のただのすすを固定化したものだ。

（ん？）

どれだけ複雑な構築でも、すすは、要するにすすだ。

（……だったら、大丈夫だわ）

レイチェルの腹は決まった。

容疑者は捕らえた、とか言ってたっけ。

ジジのポーションは強力だから、事の顛末《てんまつ》はすぐに明らかになるでしょうね。

目下一番の問題は、この術式を解くこと、か。万が一発動しても、ゾイド様の術式が神殿を巡っているから崩壊はしないのね。

なら。

失敗しても命を落とすのは、私だけ。

レイチェルはバスケットに手を伸ばした。

ゾイドの顔が瞼《まぶた》にちらついた。少し涙が浮かんできたが、すぐに振り払って、両手でペチン、と頬を打つ。

（ゾイド様、私が失敗して命を落としても、どうかずっとお元気でいてくださいね。素敵な思い出を、

ありがとう）

＊

月が中天に昇っていた。

レイチェルが天幕の中に吸い込まれてからどのくらいの時が過ぎたのだろう。

張り詰めた空気の中、男達にできることはただ、見守るだけ。

完全な沈黙の中で、遠くにぼんやりと浮かび上がったレイチェルの影を見つめるしかなかった。

異変にいち早く気がついたのは、ローランドだ。

「……レイチェル嬢は一体何を……？」

よく影を観察すると、術式の解除をしているはずの影の動きは、どう見ても何やら天幕の解体作業？　に勤《いそ》しんでいる様子なのだ。

あろうことか祭壇で供物《くもつ》を捧げる台を足場に、天幕の天井部分まで手を伸ばしている様子なのだが、影でしか様子が窺《うかが》えないので、はっきりしない。

「あああレイチェル嬢!!　その台は！　女神降臨の年に神樹から作られた！　貴重な！　ああ～足なんかで扱って!!　バチが当たりますぞ!!」

神殿長は泡を吹いて失神寸前である。

影の様子から、どうやら天幕の、術式のかかっている部分の布を外そうとしているらしい。

邪魔だったのか、ドレスの裾《すそ》をギュッと縛り出したのか、足元は大変くっきりとその形を見せている。国宝の供物台に登って、その上足掛かりを増やしたいのか、燭台《しょくだい》まで行儀悪く足で引き寄せているのも映し出された。

この令嬢にあるまじき振る舞いに、事態の深刻さも忘れてルイスは吹き出してしまった。

神妙に事の成り行きを観察していたジークも、予想外のことに混乱してしまう。

「レイチェル嬢は術式のかかっている部分の布を外して、どうしようというのだ？　確かにレイチェル嬢は『石』だから、術式に触れても発動はしないが……」

ゾイドの表情が読めない。

赤い瞳はちょこまかと動く影一点をじっと見つめている。

レイチェルは、天幕の術式がかかっている部分の天井の布を上手に裁断し、布を外した。

布を外したところで、天幕にかけられた術式自体がどうなるものではない。

それはレイチェルもちゃんとわかっているはずだ。

成り行きを固唾《かたず》を飲んで見守っていた男達は、それこそ信じられないものを目にすることになる。


数刻後。

天幕の部屋はルイスの大爆笑に包まれていた。

術式のかかった部分の天幕の布を外したレイチェルは、その足で天幕の周りを走る、聖水で満ちた水路に……ドボンと布を放り込み、洗濯を始めたのだった！

（聖水の中で、ゴシゴシ洗ったら、術式はすすだし、天幕は布だし、半分くらいは取れるでしょ）

レイチェルのあっけらかんとした声が聞こえてくるような気がする。

色々とありえないレイチェルの行動に、神殿長は腰を抜かし、ルイスはのけぞって大爆笑をし、ローランドは肩を震わせ、ジークは今生で一番、度肝を抜かれた。

ゾイドは、表情が見えない。

⁜

乱暴すぎるその主婦じみたやり方は、実際非常に効果的だった。

展開されていたのは火の繊細な術式。

実際の水の中でゴシゴシと術式を構築している材料のすすそのものに物理的な損傷を与えたら、繊細な複合術式はたまったモノではない。

レイチェルには魔力が全くないので、接触による発動の心配など気にすることはない。

レイチェルは手芸歴が長い。

布に魔術を展開するのは針と糸に限るのだ。それも知らないなんて、この術者は手芸を舐《な》めてる。

と言うか、洗濯の力が、いかに布に強力に発揮するのかをどうやら知らないらしい。

浄化は、光魔法が使える術者だけのものではない。魔力の伴わない、平民の行う、ただの掃除もただの洗濯も、効力は弱くはあるが、立派な浄化の方法の一つなのだ。

レイチェルが普段しみぬきに使っている、お徳用の重曹《じゅうそう》もバスケットに入れてきた。普段はケチケチ使っているが、他ならぬ女神様のためだ。大サービスでどんどん使う。

天幕に利用されている布は、清められた麻。結構丈夫にできているのでワシワシ洗っても大丈夫だ。

一般の貴族にはありえないことなのだが、ジーン子爵家では、レイチェルもライラも、お洗濯も皿洗いも普通にしてきた。娘たちだけでなく、なんと、ハロルドも洗濯は結構得意だ。

できることはなんでも自分でする、質実剛健が教えのジーン家の娘にとって、洗濯などなんということもない。国で一番上等の麻のお洗濯なんて、正直楽しい。自然といつものお洗濯時に歌う鼻歌まで混じってきた。

この切迫した状況下、王国で最も神聖な部屋の、天まで届く高い天井にこだまするのは最近下町で流行《はや》りの恋の歌の、調子ハズレのレイチェルの鼻歌。男達は笑っていいのか泣いていいのか、おろおろしていいのか、怒っていいのか、成り行きを見守るしかなかった。

あらかた物理的に張られた術式を壊したあと、レイチェルは聖水から天幕の布を引き揚げた。

やはり張られた魔術は、聖水で洗っただけで解呪されるようなやわな作りではなく、壊された術式の跡には、大きな魔力の渦が、禍々しく行き場を求めていた。乾く前に処理した方がいい。

レイチェルは手芸用品の入ったバスケットを再び開けると、針と糸を手にする。

魔力を持たないレイチェルは、自分で魔力を出せない分、タダで使える魔力は、徹底的に利用してきたのだ。

その結果が、ゾイドの目に留まってしまったレイチェルが編み出した妙な複合術式であったりするのだが、こんな大きな魔力が布の上で、行き場を求めて蠢《うごめ》いているのなんて、レイチェルにとってはただのご褒美だ。

洗濯で壊した術式をいくつか確認する。

(じゃあ、遠慮なく)

行きつけだった手芸用品店で、在庫処分セールで購入した大きな糸玉を取り出す。

アストリア王国最高の麻の布地でできた天幕の天井は、スイスイと針が通って、実に縫いやすい。

気がつけば、月はとっくに姿を潜め、朝日が昇り昼が来て、また夜が来て、そしてその次の朝日がやってきていた。

レイチェルは寝食を忘れて、とっぷりと魔術と手芸の海に、まる三日もたゆたっていたのだ。

⁂

「それで、天幕の方の解呪は一旦落ち着きました。容疑者の取り締まりですが、ジジが担当しています。かなり強い縛りのある呪文が容疑者にかけられていますが、今のところ推測通りの供述をしています。全貌が明らかとなるのも時間の問題かと」

「ジジが担当したとは容疑者もついてないな。あいつは可愛いナリをしてエゲツないポーション作るからな」

ジジの通り名は「子悪魔」。

聞こえは可愛いが、実際にジジの仕事ぶりを目の当たりにしたら王国の研究員全てが納得するという。

加虐趣味とかそういう次元ではないらしい。

今日ゾイドは魔術研究所担当の案件の進捗の報告にジークの執務室を訪れている。

二人の貴公子はいつものように、午後の柔らかい光に包まれた美しい執務室で物騒な議題に話題を伸ばしているが、人外の美貌のゾイドと、神人の血を引く麗しい第二王子が横に並んでいる姿は、今日の執務室の担当に当たった年嵩《としかさ》のメイドに「寿命が延びた」と言わしめるほどの美しさである。

あろうことか王宮内の女神の神殿の天幕に直接外部から術式がかけられるという国家の危機から数日、術式は無事解呪されアストリア王国は表面上は平和そのものだ。

「レイチェル嬢はその後どうだ」

ゾイドは感情を乗せずに、ジークに答えた。

「魔力酔いの状態で三日三晩通しで解呪していましたので、今は泥のように眠っています」

「いきなり天幕を洗濯し始めたかと思ったら、鬼気迫る勢いで天幕全部に刺繍とアップリケだからな。流石《さすが》に気でも狂ったかと思ったが、よく働いてくれた。目覚めたら呼んでくれ。褒美を遣わせたい。お前もよく耐えてくれた」

ジークも、今回は心の底からレイチェルに感謝をしている。

一人の女神信奉者として、またこの国の国防を担う軍の責任者として、そして王族の一人として。

天幕に張られた強い魔力を解放した際に、魔力が直接浴びせかかったレイチェルは、すっかり魔力に当てられて魔力酔いの高揚状態の、夢遊病のような状態で天幕の解呪に取り組んでいたのだ。

手芸どころか針一つ触ったことのない男達は、あの夜レイチェルが一体何をしているのか皆目見当もつかなかった。糸を変え、針を変え、模様を重ね、そうかと思えば柄《がら》を縫い出し、気がつけば天幕の天井は、最初に張られた強力な火の複合術式を完全に破壊することなく、あれやこれやと改造に改造を重ねて、ついにはほぼ無力化するまでに至った。

流石にレイチェルの力では完全には無力化することはできず、天幕の中は今、やたらと暑く、聖水の湿気が、霧のように漂っているとのこと。神殿の乙女達には、確かに暑くはなったが、今の天幕での任務のあとは肌の調子がよいと、大変好評だという。

「私もレイチェルが第二層くらいまでを無力化して、発動さえしないようにしてくれたらと願っていたのですが、まさか直接洗って、直接縫って術式を無力化するとは、我々のような魔力ばかり高くて無能な魔術士には絶対に思いつかないですね」

淡々と言葉を繋《つな》ぐが、レイチェルのことを語る時、その赤い瞳がとても優しい光を帯びるようになったことを、ジークは少し羨《うらや》ましく見ていた。

(変わったな……)

カケスの鳴き声が響く。

王都の森は冬支度が始まっているのだろう。風に冷たさが増してきたが、まだ日差しは強い。

あともう少ししたら、収穫祭だ。

年を跨《また》ぐ前に、なんとしてもこの火種は消しておく。

ジークは報告書の最後のページに、魔力を施した署名を入れた。

しばらくして、執務室のドアがせわしなくノックされた。レイチェルの世話につけていたメイドの一人の顔だ。

メイドはスッと淑女の礼をとると、慌ただしく早口でこう言った。

「ジーク殿下、ゾイド様。レイチェル様がお目覚めになりました」

✣✣✣

レイチェルの数日ぶりの目覚めを待ち構えていたのはルイス。

数日泊まり込みでレイチェルの側についてくれていたらしいが、それをレイチェルが知ったのは随分後になってからだ。

「……ルイス様、今私どこにいるんですかね……」

まだぐわん、ぐわんと頭が痛いし景色がちょっと回る。天井はなんだか見たことがない豪華な天蓋がついてるし、どう転んでも絶対レイチェルの持ち物であるはずもなさそうな、美麗なネグリジェに身が包まれていた。

「ここ？　ああ王宮だよ。神殿にいたことは覚えているか？　お嬢ちゃん神殿で仕事を終えた後、ぐでんぐでんになってそのままここまで運ばれたんだよ」

ぼうっとした頭ながら、少しずつ記憶が戻ってくる。

神殿で仕事をしたことは思い出して、それから……。

ガリガリと頭を掻《か》きながら、ぼんやり大切なことを思い出してきた。

「！！！　そうだ！　私、術式は解除できたんですか？？！！」

体をベッドから起き上がらせて大切なことを聞こうとして、すぐまた頭がぐわん、と白くなった。

「……無事に解除できましたよ、レイチェル」

聞き覚えのある麗しい声が、ドアの閉める音とともに響いた。

声が近づいてくる。

「見事でした。風化するまでしばらくはかかりますが、実に大胆な方法でやり遂げてくれました。後でジーク殿下よりお褒めの言葉があるでしょう」

（頭痛い……えーっと、今お話ししてるのはゾイド様だ。それから……とりあえず喉渇いたかも……）

「……レイチェル……」

切なそうな声が、近くから聞こえる。

「おいゾイド、お嬢ちゃんさっき目が覚めたばっかりだ。まだお前の全開になってる思いをぶつけるのは無理だって。ちょっと落ち着け」

「ルイス、だが……」

遠くで美貌の婚約者が何か言っているのが聞こえたような気がするが、実際今はゾイドどころではない。

何せ目が回るのだ。

「ルイス様、私なんでこんなに、目が回るんでしょう」

「あー、お嬢ちゃん、酒は飲んだことあるか？　あんまり強い魔力に当てられて、酔ってるのさ。あの術式は無茶苦茶魔力が流されていただろう、魔力が体を抜ける時に体が揺れて、乗り物酔いみたいに酔ってしまうんだよ。心配しなくても今日の夜には多分抜けてるさ。こういう時はとにかく水飲んで寝ることだ。腹は減ってないか？　ちょっと無理してでも何か口にしたほうがいい」

ルイスは側に控えていたメイドにあれこれ何か指示を出した。

前々から思っていたが、ルイスは面倒見がいいなとレイチェルは痛む頭で思う。確かレイチェルと同じ年頃の、妹がいるとか。

「とりあえず、これを飲め」

ルイスに渡されて素直にグラスを受け取る。

冷たい水を一息に飲み干すと、少し余裕ができた。

落ち着いた頃を見計らってルイスは少しずつ、レイチェルの体を労《いたわ》りながら話をしてくれた。

レイチェルが神殿入りしてから、合計でちょうど三日三晩、作業に入っていたらしい。レイチェルはひたすら作業に熱中していてよく覚えていないのだが、かなり鬼気迫る様子だったらしく、何度もゾイドは止めようと禁を犯して橋を渡りそうになったとか。最終的にゾイドは天幕の部屋から放り出され最後までレイチェルを見守ったのはやはりルイスだったという。

「なんだか大変にお世話になったみたいで、ありがとうございました。私本当に天幕に入ってからは術式しか見えてなくて、正直ルイス様もゾイド様もいらしたの全然意識に入っていなくて……」

「そりゃそうだろうな、誰かいるのに気がついてたら、あんな大声で替え歌鼻歌混じりに歌ったりしないよな。『もしも魔法が使えたら』と『恋は魔法』の二曲をずっとループだったぜ。途中歌詞無茶苦茶だったし、もう笑えて笑えて」

天幕の部屋はとても声が響くので、気持ちよく歌ってしまっていたのを思い出して、レイチェルはもう穴があったら入りたい。

ルイスはおかしくておかしくて堪《たま》らないといった体《てい》でゲラゲラと笑っている。この男は本当に笑い上戸《じょうご》だ。

「ルイス様、そこまで笑わなくても……」

「まあそれはそうとして」

ようやく目の端に溜《た》まっていた涙を拭って笑いやみ、体を正して、ルイスは続ける。

「ともかく、レイチェル嬢、貴女の存在は間違いなく相手方には判明しているはず。今後の身辺警護についてはある程度の考慮がされると理解してほしい」

それは、そうだよね。

レイチェルも呑気《のんき》に縫い取りをしながら、神殿で実は考えていた。

術式の解除がされたことが判明したら、きっとレイチェルの存在が判明してしまう。危険は承知の上だ。女神のため、アストリア王国のため、後悔はない。でも、痛いのは嫌だな。

「……私が貴女の警護を担当する」

ずっと物言いたげにしていたゾイドが、話に割って入ってきた。

「私がずっと貴女の側にいれば良い。すぐに私の館に移動を。レイチェル、私に貴女を守らせてくれ」

声がうわずっている。いつの間にか側に来ていたゾイドは、レイチェルの手を固く握り締め、ベッドに突っ伏している。

いつの間にこのお方は、こんなに感情表現が豊かになったのかしら。

「……ゾイド様……」

まだ頭がガンガンとする。

「ゾイド、だからな、お前ちょっと落ち着け。未婚の令嬢をお前の館に住まわせるってどういう意味合いになるのか説明するまでもないだろう。王宮の寮の方が安全だ」

「未婚の令嬢だが、私達は殿下のお認めになられた婚約者同士だ。いずれは女神の祝福をうける関係だ。何らレイチェルに不名誉になることはない」

ゾイドは、控えていたメイドに何やら指図を始めた。

レイチェルは、頭がグルグルと回ってまだよく状況がわからない。

「おい、ゾイド、ちょっと待て。お嬢ちゃんの意見も聞けよ。ってか！　殿下の許可ぐらい先にとってからにしろ、ちょっと待て！」

おなじみになってきたルイスの焦った声が頭の後ろに響く。

ちょっと横になっていいかしら。

何やらゾイドとルイスが言い争っている声を聞きながら、レイチェルは再び緩やかに眠りについた。

疲れているのだ。少し静かにしてくれたらいいのに……。

第七章　城下町

天幕の事件は、アストリア王国を覆う黒い影の、ほんの序章に過ぎなかった。

ジジが暗い顔をして執務室に入った時、ジジの持ってきた答えを察したジークは、やはり、と天を仰いだ。

王兄が、フォート・リーの黒幕だった。

未《いま》だに玉座に未練があったとは。

捕らえた間者《かんじゃ》には、全《すべ》ての情報は与えられていなかったが、自白した情報だけで十分、黒幕の予想はつくものであった。

先の大戦は王と、王の兄、バルトとの玉座をめぐる争いであった。

長く苦しみの伴う内乱の後に王が勝利し、玉座に就いた。

大変仲が良かったという兄弟同士による戦争は、王の心を殊《こと》の外《ほか》痛め、短い治世の後、王は王太子である第一王子にその座を譲り、全ての権力を放棄して余生を過ごしている。

そもそもバルトは、元は正統な王位後継者であったが、女神の怒りに触れ、神託により正式にその王位継承権が絶たれたのだという。

女神の怒りに触れた王を国の長として担ぐことはできない。

この国は、女神の統《す》べる国なのだ。

「なぜ、女神様のお怒りに触れるようなことをなったのでしょう？　バルト様が順番でいくと王となるはずでしたでしょう」

レイチェルはローランドと共に王宮の外れの涸《か》れ井戸の調査の仕事。天幕の容疑者の侵入経路を確認しに来たのだ。

冷たい外気が心地いい。今日は外の作業にもってこいの秋晴れだ。

「女神が、バルト様は穢《けが》れを神殿に持ち込まれたと、嫌われたとのことです」

ローランドはさも当たり前のように淡々と答える。

バルトをはじめ、王族の細かい情報は一般人にはなかなか開示されないので、レイチェルのような深窓の引きこもりには、知るよしもない。

「穢れを持ち込んだ？　王族ほど穢れを気になさるお方がたもいらっしゃらないでしょう。ましてや世継ぎの王子であれば！」

アストリア王、そして王族は、女神の国であるこの国の穢れを払い、祈りを捧《ささ》げることが責務とされている。

厳寒の新年の朝に、王は女神の湖を訪れ、清めたその身を女神に捧げ、投げる。その際に割れた氷の形で新年を占うのだが、この儀式は一年の王族の儀式の中で、最も重要な儀式とされているのだ。

他にも、王族に課された様々な穢れに関する規則は多く、直系の王族は、纏《まと》える衣装の色にも制限がある。日々国の穢れを払うことが最大の責務である世継ぎの王子が、神殿に穢れを持ち込むなど、考えにくい。

井戸にからむツタを払いながら、

「これはあくまで噂《うわさ》なのですが」

ローランドはこう前置きをして、声を潜めて言った。

「当時神殿の乙女《おとめ》だった姉によると、バルト様が受けた神託が本当のものではなかったのではないかとの話もあるのです」

「……それはどういうことですか……？」

レイチェルには、初めて耳にする話ばかりだ。

というか、ローランドの姉は神殿の乙女だったとは。

「その当時神託を受けた神託の巫女《みこ》は、神託を受けた際に、その身が清らかではなかったという噂があって」

神殿の乙女は、男に身を任せたことのある娘では、務まらないとされている。

ましてや乙女達の頂点ともいえる神託の巫女となると、神託を受ける前は満月の夜に滝に身を打たれ、三日間は食事も木から落ちたものだけを食し、徹底的に穢れを払う。

「当時の神託の巫女には、余命の短い、幼なじみの恋人がいたのです」

ツタを払うと、魔法陣が出てきた。

転移魔法の陣だ。微《かす》かに残る魔力は、間違いなくレイチェルが神殿で、当てられて酔ってしまっていた魔力の一つだ。

ローランドは陣を書き写しながら続ける。

「神殿に乙女として入殿してすぐに、発症したそうです。手を尽くせない状況だったらしく、日々泣き暮らしていたと姉は言っていました。たとえ禁を犯しても、この世を去る前に、一度でいいから肌を重ねて深く愛を確かめたいと願うのは、世の恋人達全ての想いでしょう」

レイチェルは、思わず声を荒らげる。

「だったら！　さっさと禁を犯したことを懺悔《ざんげ》して神殿を去れば良かったでしょう……」

ローランドの深い緑の瞳が、レイチェルの茶色い瞳に映った。

ローランドの深い緑の瞳は、父であるジーン子爵の瞳の色と同じで、レイチェルはローランドといる時はとても居心地が良い。

「巫女の実家には事情があったのです。巫女の役割を与えられた乙女には高い栄誉が与えられます。それと共に、見合った相当の金銭的な見返りも。父親の急病で、金銭的に困窮していた彼女の実家は、彼女によって救われたのです。彼女の弟は海外への留学が叶《かな》い、姉の結婚の持参金も用意できたのは全て彼女によるものだったとか」

「……言えなかったのね……」

子爵家の周りにもそういう話はいくつもある。

ライラの友人の一人も、実家の金銭的事情で三人も子のある二十も年上の男に嫁した。

今でこそ幸せな家庭を築いているが、結婚前は泣き暮らしていて、ライラがよく慰めに行っていたものだ。

「神託の後すぐ巫女の恋人は亡《な》くなり、巫女自身も彼女を望んだ貴族と結婚し神殿を去りました。巫女は例の流行病《はやりやまい》でこの世を去り、真相を知る者は、もう誰も」

「その話が本当であるなら、バルト様は弟殿下に裏切られて、女神を軽んじてまで偽の神託を宣言して、その玉座を我が者とした悪王の、悲劇の正統後継者ね……」

「同じ女神を信奉するフォート・リーの王に、この話を伝えて保護を求めたら。見返りにルーズベルトの聖地をフォート・リー所轄にすると約束したら。辻褄《つじつま》だけは合うのですが、何せ想像の域を超えていません」

ローランドの書写が完了したことを確認して、レイチェルは涸れ井戸に大きな蓋をかぶせた。

確認作業は終了。ほぼ供述通りだ。蓋ごとローランドが井戸を焼き払う。

今日の確認事項はこれで終わりだ。

鮮やかな赤や黄色の落ち葉の上を、ゆっくりと足並みを揃《そろ》えて、ローランドと歩んで王宮に帰る、今日はそんな美しい秋の日。神殿での出来事が、まるで遠い過去のようにも思える、平和な午後だ。

「そういえばその後、ゾイド様とレイチェル嬢のお二人はどうなったんですか？」

王宮に帰るそんな平和な帰り道、いきなりそうローランドは切り出した。

ローランドは穏やかで常識的な男だが、時々急に、繊細なところを躊躇《ちゅうちょ》なく切り込んでくる。

レイチェルはあまりの急な質問に、ゲホゴホ咳《せ》き込んでしまった。

「えっと、あの後実はお会いしてなくて……ほら、あの後すぐにゾイド様、聖地の方に向かわれた、でしょう……？」

急な、心臓に悪い質問に面食らいながらも、レイチェルは、なんとかそう答える。

レイチェルが二度目に目を覚ました時、もうゾイドは聖地の国境に出立した後だったのだ。

それは、情熱的な書き置きを残して。

書き置きの内容を急に思い出してしまって、耳まで真っ赤になって俯《うつむ》くレイチェルを横目に、ローランドは少し笑って言った。

「レイチェル嬢は随分のんびりですね。ゾイド様があのような態度を示されているというのに。王都のどの淑女でも、すぐにゾイド様の気の変わらないうちに神殿に引っ張っていって夫婦の誓いを立てさせると思いますよ」

ローランドの目から見てもゾイドはアストリア王国一番の結婚有望株だ。

どの娘も目の色を変えて、あの手この手でゾイドの気を引こうと躍起なのだ。

レイチェルは慌てて弁解する。

「えーと……私ちょっとまだよくそういうのがわからなくて、あの、恋とか、そういうのはお姉様のすることだったので……まだゾイド様が、ああやって接してくださるのが、ピンとこないというか……」

おずおずと上目遣いにローランドを見る。

ローランドはその緑の瞳を優しく和《やわ》らげると言った。

「これはゾイド様は随分な難題に挑まれるのですね。どんなことでも、なんでも憎らしいほど軽々とこなす方ですから、少し困らせて差し上げても良いのではと思いますよ」

レイチェルとローランドは、騎士団の駐屯所の端にある、小さな家の前で足を止めた。

本来は騎士団のまかないや洗濯を担当していたメイドの居住地だったが、今は騎士団の世話も王宮のメイドの担当になったので、空き家になっていた。レイチェルの身辺警護のため、レイチェルはこの小さな家に一人で住むことになったのである。

流石にゾイドの館でも、王宮の騎士団の駐屯地のど真ん中より安全な場所とは言えない。渋るゾイドをねじ伏せて、ルイスが手配したという。

「ではレイチェル嬢、私は一旦殿下の元に戻ります。どうぞ気をつけてお過ごしください」

そう言って、ローランドはレイチェルに、何も言わずに小さな紙の包みをそっと手渡した。甘い香りがする。中身はおそらく、木苺《きいちご》の焼き菓子。ローランドの館の側《そば》に、レイチェルのお気に入りの店があるという話をしたばかりだ。

静かなローランドの、控えめな気遣いが嬉《うれ》しくて、レイチェルは大きな笑顔を浮かべる。

明日にはジーク殿下にレイチェルもお目通りの上、報告とのこと。

ゾイド様も同席するというので今頃は聖地からの帰路かしら。

一人になったレイチェルは、木苺の焼き菓子を大切そうに胸に抱いて、新しく我が家になった小さな家の扉を開けた。


翌日、ジークの執務室で、この前代未聞の大事件の報告会議が開かれた。

侵入者の事件報告は、ジジから。

侵入者は三人、捕らえたのは二人。逃した一人は聖地の国境から脱出したとのこと。

予想通りバルト絡みのクーデター未遂だ。表沙汰《おもてざた》になれば、国内外で大混乱となるだろう。

おおよそ、第一王子が正式にアストリア国王の王冠を戴く、年明けの儀式までに事を起こす予定だったのだろう。

侵入経路は昨日ローランドと確認した通り。

脱出経路もゾイドが確認してきた。

ゾイドは今朝早くに聖地から帰ってきてすぐらしく、まだ旅装束のままだ。美しい銀の髪からは、冷たい外の匂いがした。

かなり有能な魔術士が今回の騒動の後ろにいるらしい。

侵入経路に張られた陣も、脱出に使われた陣も、アストリア王国に敷かれた防護結界に反応しないようにしっかりと対策がなされて、大変扱いが難しい古代の複合術式を組み合わせていた。

不機嫌さを隠さずにジークが美しい空色の瞳をゾイドに向けた。

「国防の見直しが必要だな。ゾイド、このクラスの魔術士の国境からの侵入を防ぐには、何が必要だ」

「国家資格のある魔術士の中でも、水属性の者を二千人といったところでしょうか。それでも十分とは言えないかと」

ゾイドはその姿勢も、人外の美貌の表情も一切崩さずにそう答えた。

ちなみに国家資格持ちの魔術士はアストリア王国で千五百人ほど、水属性持ちは二百ほど、言外に無理だと言っているのだ。

ルイスが軍の人数と配置場所、フォート・リーに放った間者からの報告を行う。

フォート・リーは近年、魔術士の軍団を率いる軍の部署が確立されたが、どうやらこの数年の飛躍的なフォート・リーの軍事魔術の発展に、バルトが関わっているらしい。

バルトは元はアストリア王国の、国継ぎの第一王子であった。その魔術の知識、魔力の総量はゾイドにすら匹敵するという。

『結局魔力は私の方が多かったので、事なきを得ましたがね』と前の大戦で、直接バルトと一対一で戦ったというゾイドは涼しい顔をしてそう後で教えてくれた。サージの称号はその時の褒賞だとか。

レイチェルの報告の番がやってきた。

事件の経緯は神殿長が纏《まと》めてくれているので、レイチェルは口頭での確認だけで良いと、ローランドが言ってくれていた。

会議の前に、少しで良いからゾイドと話したかったのだが、仕方がない。

「……ですので、彫ったり火をかけたりで作られたのではなく、空気中のすすで陣を組んでいたのがわかりましたので、とりあえず洗いました」

先程までの不機嫌はまだ引きずっているものの、明らかに興味津々といった、なぜか半笑いの面持ちのジークを前に、ゆっくりと事のあらましを話し出す。

レイチェルは難しい言葉が苦手なのだが、一生懸命知っている言葉で説明する。

「えっと、魔力が溢《あふ》れててもったいなかったので、新しい陣を縫って魔力を封じ込めるのではなくて、最初の陣を改造して魔力を再利用したんですけど、女神のご機嫌を損なってはいけませんので、まず女神の美しさを讃える祝辞を縫い巡らせて、それから……」

そこで男達は、え？？　という顔でお互いを見た。

魔術的には全く不必要な手間だったからだ。

ジジは一人ふんふんと納得して言う。

「わっかるわー！　人の家にズカズカ入ってきて、挨拶《あいさつ》もそこそこに勝手に陣なんか張られたら、私だったら怒っちゃう！　それであのお花の縫い取りってわけ？　可愛《かわい》いとは思ったけど、ひょっとしてただ可愛いから縫い取りしたでしょ？」

緊張で固くなっていたレイチェルの顔が、パッと明るくなる。

「あ、ジジ、流石！　魔力の処理も大事だけど、陣ばっかりで可愛くなかったから、メリルの縫い取りしたのよ！　縫い取りの裏にちょっとだけ香りがするようにしたのだけれど、この調整が本当に難しくて」

香りって縫い取り本当に難しいよー、とジジと手を合わせてキャッキャとレイチェルは喜んでしまっているが、男達はポカンとしたままだ。

「……ですので張られたら魔力は永遠に天幕をぐるぐる回って、魔力が尽きるまで女神の美しさを讃える縫い取りを走って、そこから渦を起こす水の術式を二重に組んで、で火の術式を中和しながら天幕を浄化し続ける仕組みにしました。天幕の中はちょっと蒸し蒸しすると思いますが、女神様はお喜びかと……」

レイチェルは男達の反応が固まっているので、またやらかしてしまったかと最後の方は声が小さくなってしまった。よく子爵の館でやらかして、お父様に叱られたっけ。

「あ……いや、見事だったレイチェル嬢。ただあんな鬼気迫る状況で、可愛いから縫い取り……という考えが、ええと、少し驚きで……」

いつもの堂々たる、第二王子ジークの余裕ある態度ではなく、珍しく、何を耳にしたのかすぐに理解できずにしどろもどろにそう答えた。

レイチェルが天幕に施した縫い取りは、魔術的には間違いなく国家最高クラスの複雑な術式だ。少しでも扱いを間違えたら大事になりかねなかったのだが、レイチェルは上手に魔力を導き働かせて、その上に、全く魔術的には無意味な可愛い縫い取りをしてしまったのだ。しかも香りつき。

ふふん、とジジが、さも当たり前のように、偉そうに言い放った。

「そうよ、殿下、女心ですよ！　女神もレイチェルも若き乙女。私達若い女の子にとっては、可愛い縫い取りの有無《うむ》は、複雑な術式と同じくらいに重要な事項かと」

ジジは一人で、完全に合点《がてん》がいっているようだ。

(((女心か……！)))

男達は戦慄《せんりつ》した。

魔術を展開する際に、女心など、人生で一度も考えたことはない。衝撃的な考えだった。

魔術の世界の大半はほとんどが男達で占められている。

高い魔術を誇る娘達もいるが、ほとんどは神殿行きとなり、学術的に魔術を研究する若い娘は、非常にまれだ。

女神は愛情深いが、苛烈《かれつ》でもある。

バルトがその半身を焼かれるという、壮絶な女神の怒りを受けたように、女神の怒りは様々な形がある。女神の怒りに触れて、ある者は雷に打たれ命を落とし、ある者はケモノに姿を変えられ、ある者などは、一族皆が、生きたまま、腐って土へと還っていった。

侵入者が直接天幕に触れなかったのも女神の怒りを恐れてのことだ。レイチェルの術式がこうも上手く作用したのは、おそらく、間違いなく、女神の祝福だ。

女神は、レイチェルの術式を、お喜びなのだ。

ジークは心底驚き、王子らしからぬ顔をしていたと思う。女心の恐ろしさは知っていたつもりだし、女達は上手《うま》くあしらってきたつもりだ。

女神への祈祷《きとう》も間違いなく、そつなく教科書通りにこなしてきた。

だがここに来て今、そういうことじゃないんだよ！　と女神に強烈にビンタで殴られた気分である。側に控える女心をもてあそんできた覚えのある貴公子達は、皆どこかバツが悪そうだ。

ジークは一旦息を吸い込んでなんとか心を落ち着かせると、こう言った。

「レイチェル嬢、大儀であった。その見事な働きに、褒美を遣わす。何を望む？」

(褒美……？)

今度はレイチェルがポカンとする番だ。

「褒美？　いや私、大したことしてませんので……」

レイチェルは本当に、何一つ普段と比べて特別なことはしていないつもりだ。

いつも通り、通常通りの運転だ。

レイチェルはいつも人の気持ちに寄り添って魔術を駆使する。女神とて、同じこと。今回はちょっと手間がかかったが、実は皿洗いのニーニャに作って失敗した術式はもっと手間がかかっている。

神殿で乙女の真似事《まねごと》をさせてもらって、王子の貴賓室で休ませてもらったのだ。もうマーサに持って帰るお土産話《みやげばなし》どころか、墓場まで持っていけるほどの思い出だ。褒賞をくれると言われてももう十分なのだ。

「君にはそう思えるのかもしれないが、私の気が済まない。頼むから、何か所望してくれ」

ジークはそう強く主張する。レイチェルはすっかり困ってしまった。

困っているレイチェルに、ルイスが口を挟む。

「お嬢ちゃん、こんな機会人生でそうないぜ。一番欲しいものを口にしてしまいな。殿下ならきっとかなえてくれるぜ」

困ってゾイドの方を見ると、ゾイドも頷《うなず》いている。

どうやら何かお願いしても失礼には当たらないらしい。

（……ええっと……本当に良いのよね……）

レイチェルはゴクリ、と固唾《かたず》を飲む。

レイチェルは、実はずっと欲しかったものがあるのだ。カタログを毎年取り寄せているが、絶対手に入るあてもない、贅沢《ぜいたく》で、大変豪華なもの。

「……では恐れながら……」

レイチェルが戸惑いながらも希望を口にするべく頭《こうべ》を垂れる。

そして、しばらくの逡巡《しゅんじゅん》後、覚悟を決めて、キ、と真《ま》っ直《す》ぐにジークの顔を見据えると、固く結ばれていた唇を解《ほど》いた。

「シャムロック社製の最高級編み針セット全サイズを所望いたします‼」

鼻息荒くレイチェルは大贅沢品を所望する。

贅沢の極みだ。強欲は女神に罰せられると言うが、でも本当に欲しいのだ！

「……他には？」

ジークは鉱山のひとつや、伯爵の地位くらいなら用意するつもりであった。実際そのくらいの働きをレイチェルは成し遂げたのだ。編み針セットがいくらか知らないが、今日の昼食に開ける予定のワイン一本よりは安価であることは容易に理解できた。

（え……もっと下さると言うの？？　えっと、本当に言っていいの……？　図々しいにも程があると思われるかしら……全部口にしてもいいのね、し、知らないわよ、はしたないと殿下に思われても知らないんだから……！）

「で、では！　緑山羊《みどりやぎ》の毛糸を追加で所望します！　五十玉、いいえ……百玉……で……」

プルプル震えがくる。緑山羊の毛糸は一玉で小麦の袋一袋分もする高級品だ。

ちょっと欲張りすぎたかしらと思うが、なんでも言えって言ったもの。

けれど、臆病者のレイチェルは、最後は声が小さくなってしまった。強欲には慣れていないのだ。

「殿下、レイチェル嬢には後ほど、他に追加で褒賞を差し上げておけば……」

ジークの耳元でローランドがそっと助言し、ジークはコクコクと王子らしからぬ態度で人形のように首を縦に振って、承諾した。

ずっと沈黙していたゾイドがスッと前に進み出た。

「ではよろしいですね。私とレイチェルはこの後少し予定がありますので、御前を下がらせていただきます」

表情のないまま、ゾイドはレイチェルの肩を抱いて、固まっているジークを後にレイチェルを連れて、さっさと退出してしまった。

残された貴人達は、パタンと閉じられた扉を見守ると、小さく皆ため息をつく。

「え〜、ではシャムロック社の編み針セットと緑山羊の毛糸百玉、すぐに手配、でよろしいでしょうか」

ローランドもこんなものを手配するのは初めてだが、レイチェルの物言いから、国内では有名な編み針なのだろう。何やら手帳に書きつけている。

「欲のないにも程があるな。何を押しつけてやれば良いのか、おいジジ、お前どう思う？」

自信家のジークが完全に動揺して、困ってしまい、うっかり臣下としてではなく、従姉妹《いとこ》のジジに助けを求めてしまった。

金欲の皮の張った貴族達や名誉欲の強い学者達の褒賞はいつものことだが、うら若き、欲のない地味な令嬢に、与えて喜ぶものは見当もつかない。

ジジは久しぶりに見る、第二王子としてではなく、ただの従兄弟のジーク兄様の顔に嬉しくなってしまった。

（……子供の時は、よくこんなお顔を見せてくださったわね。本当にレイチェルってなんて娘なのかしら）

レイチェルはジークの、完璧な王子の鉄仮面をするりと外して、うっかり、素のジークを引き出したのだ。

「私でしたら殿下から良い結婚相手を押しつけてやればいい、と言いたいところですが、ゾイド様があんなガッツリ囲い込んでいるから難しいですね。何か名誉職でも与えてあげたらいかがですか？あ、もう臨時の神殿の乙女でしたっけ……だったら案外本当に編み物の毛糸と編み針くらいしか、欲しいものないのかもですね！」

ジジはクスクス笑う。

レイチェルは与えられた全てに、基本満足している上、見栄《みえ》を張るような相手も、そもそも知り合いもいない。何か欲しいという物欲も、名誉欲も非常に薄いのだ。これは厄介な褒賞案件になる。

それにしても、とジジは呆《あき》れる。

レイチェルもせっかくだからたんまりお金でも貰《もら》っておけば、レイチェルが毎日大切そうに一つだけ食べている安物のチョコレートを、最高級のものに変えて毎日箱ごと食べられるというのに。

でも、レイチェルのそういうところが、ジジは大好きなのだ。

「こうも無欲だと、かえってやりにくいな。ジジ、私の不名誉になるから、編み針の手配が終わるまでに何かレイチェル嬢が喜んで、私の顔が潰《つぶ》れない良いもの考えておけ」

「えー！　兄様面倒臭いからって私に投げないでよ！」

ジジも釣られて、他人の前だというのに、いつかぶりに、ついジーク兄様の従姉妹の、ただのジジの口調で話をしてしまった。

「うるさいな、お前はこういう時の為に叔父君に無理を言ってロッカウェイ公国から呼んできたんだ、たまには役に立ててよ！」

すっかりいとこ同士に戻って軽口を叩《たた》き合うジジとジークをルイスは優しく見守っていた。

ジジがこの国に来た経緯はルイスもよく知っている。強く凛々《りり》しく運命に対峙《たいじ》するジジを、ルイスは心から尊敬していた。そしてこの若い娘の厳しい運命を、哀れに思ってもいた。

ジークは一貫して、ジジの能力が必要だから、ロッカウェイ公国からアストリア王国に引き抜いてきたと言い続ける。

ジジは自分が自国でも、アストリア王国でも厄介なお荷物な存在であると考えている。下手《へた》に非常に高い身分があるため、どの国でもジジには、それ相応の扱いをしなくてはいけない。

自国の厄介払いをされるようにアストリア王国に留学してきたジジを、ジークは事あるごとに、自分が無理を言ってロッカウェイ公国から呼んだのだと言い続けてきた。

ジジはもちろんジークの言葉など真に受けていない。

ただ、そう言い続けてくれるジークの優しさに温められてきた。

年月が重ねられ、ジークは年々第二王子としての責務が重くなり、一介の魔術研究員としてのジジは、たとえ従姉妹であっても、臣下としての立場で接してきた。どんどん背中が遠くなってゆくジークを、もう兄様と呼ぶことはなくなって久しかったのだ。

(お嬢ちゃんの周りはあったかいな)

軽口を叩き合っている二人の周辺は、氷が緩やかに溶けていくような、温かい空気に満ちていた。


またゾイドの悪い癖が出ている。

執務室を出た後、レイチェルの肩を抱いたまま、何も言わずにスタスタと進んでいく。こうなったら手がつけられないのをレイチェルは学習済みだ。

王宮の人々の生暖かい視線がもの凄く心地悪い。

(あああ、あとであのおばちゃん達にからかわれちゃうな……)

ゾイドは何も言わないまま王宮の庭を横切り、正面玄関を突っ切ると、停めていた魔法伯家の家紋が入った美麗な馬車にレイチェルを連れて乗り込んだ。

どうやらどこかに外出するらしい。やっとゾイドと話らしい話ができそうだ。

「ゾイド様、ええっと……どこにお連れになるか、教えてくださるんですか」

レイチェルはおずおずと、遠慮がちに聞いてみる。どこに行くにしても、今制服のローブのままなんですけど……。

(それよりも、とりあえず肩！　から！　手！　を離してくださらないと、恥ずかしくて悶絶《もんぜつ》死しそう……なんかこうも密着してるとゾイド様の体温とか、香りとか、ええと……変な気持ちになる……)

外気を纏ったゾイドのローブからは、秋の澄んだ空気の匂いと、ジャコウのような深くて気怠《けだる》い香りがした。ゾイドの研究室の仮眠室も、同じ香りに満ちていた。

クラクラしながらもなんとか平静を装っているが、レイチェルはまだ天幕の夜のゾイドの告白も、その後の情熱的な手紙も感情的に消化できていないのだ。

立て続けにアストリア王国の政治的な大事が続いたため、レイチェルの人生の大事件に、まだ心を向ける勇気がない。

思考停止中、もとい、とりあえず心にしっかり鍵をかけて、この事件について考えることを、一旦放棄しているのだ。

ゾイドはようやく、ああ、と気がついた様子で、レイチェルにそれはそれは甘い眼差《まなざ》しを投げると、つん、と長い指でレイチェルの鼻先をつついてにっこりと笑ってこう言った。

「レイチェル、今日は貴女と二人で一日を町で過ごすため、仕事を早くに片付けてきました」

（き、キラキラのこんな綺麗《きれい》なお顔で微笑《ほほえ》まれたら、なんでも良くなってきちゃうけど、相変わらずなんか会話が噛《か》み合わないというか、何を考えているかわからないというか……）

ゾイドが何を考えているのかよくわからないのも、いい加減慣れてきた。

レイチェルは、実に賢明にも、この男を理解しようなどと世の娘達の考えるような愚かな間違いはしない。わからないものは放っておくに限る場合もある。

でも今日は、その前にどうしても伝えておかないといけないことがあるのだ。

「えっと、その前に、ゾイド様……」

レイチェルは俯いて、顔を真っ赤にして、きゅっとスカートを握り締めて小さく呟いた。

「お帰りなさいませ……」

ゾイドの残していった情熱的な手紙の最後の一文にあったのだ。

『……私が帰ってきた時に、貴女から、「お帰りなさい」と言ってほしい。愛《いと》しい人にその言葉で迎えられる男は、この世で最も幸せな男でしょう』

次の瞬間レイチェルの目の前は真っ暗になった。

「貴女という人は……ああ可愛い……」

呻《うめ》くような声が頭上から聞こえてくる。

どうやら、ゾイドの胸に力任せに抱かれているらしい。

「ゾゾゾゾゾイド様！　ちょっとお待ちになって！」

ジタバタとその胸を逃れようとレイチェルは大騒ぎするが、ゾイドは聞いちゃいない。

結局目的地に着くまで、レイチェルはゾイドの胸の中で、可愛いだの愛しいだの、私の小さな天使だの、この赤い氷と呼ばれる男の口から出るにはあまりに熱っぽい言葉の大洪水にひたすら耐えていた。


大変ご機嫌のゾイドと、げっそり疲れたレイチェルは馬車を降りた。

どうやら城下町に出たらしい。露店は大変な賑《にぎ》わいを見せていて、大道芸人までいるらしい。あちらこちらで栗を焼いている香りが鼻腔をくすぐる。石畳にカサカサと色づいた葉が舞う、良い秋日和《びより》だ。

収穫祭が近いのだ。

ゾイドは御者《ぎょしゃ》に何か伝えると、馬車は二人を残して去っていった。ここから歩くらしい。

「ゾイド様、本当に、どこに行くのですか？」

レイチェルはスタスタと先を歩くゾイドのローブを引っ張って、本日何度目か知らないこの質問をまた投げかける。

ようやく歩みを止めたゾイドは、振り返らず、ボソッとこう言った。

「……貴女と出掛けたことがない」

そしてくるりと背を翻《ひるがえ》すと、今度はゾイドはしっかりとレイチェルの両手を掴《つか》んで、真摯《しんし》な瞳でじっとレイチェルを見つめて言った。

「貴女が何をすれば喜ぶのか、何を見たら感動するのか、私は貴女のこと全てが知りたいのです。レイチェル。今日は一日、私に付き合っていただけませんか」

確かに、レイチェルもゾイドの個人的なことは何も知らない。

何やら思い詰めているらしいゾイドとは違って、レイチェルは実に軽い。

「ええ！　もちろんですけれど……ゾイド様、今からどこに行くのですか？」

「私は貴女の付き添いがしたいのです。レイチェル、貴女がいつも街で過ごしているように、過ごしてくれませんか。貴女の目に映る世界を、私は見たいのです」

レイチェルは気の回し方がわからない上、言われたことは大変素直に受け取るので、この高貴な貴公子が城下町散歩のお付き合いをしてくれるという申し出を、実に実に、素直に受け取った。

引っ越したばかりで色々揃えたいものがあるのだ！　外出許可もずっと出ていなかったので、ゾイドが職権濫用《らんよう》でもぎ取ってきたらしい許可証がとても嬉しい。

荷物も持ってくれるかしら！　助かっちゃうわ。

「ああ！　そういうことでしたら助かります。ではまず……」

✣✣✣

（サロンに行ってドレスを仕立てて宝石屋に行って、その後に流行《はや》りのカフェ、というところかな。それから観劇とすると二階席の手配が要るか……？）

ゾイドが馬車を止めた場所は、高級サロンや宝石店がひしめく一角だ。

他の女達は大抵この通りに連れてくると、満足してあれやこれや欲しいものを強請《ねだ》ったものだ。

天幕でのレイチェルの術式は、ゾイドの魔術士としての考え方を根底から覆す衝撃的なものであった。

ゾイドは己の実力は謙遜もなく、過信もなく、極めて客観的にこの国最高の魔術士であると自負している。

実際その通りなのだ。

だが、ゾイドでは決してあのレイチェルが展開した術式は、考えもつかなかった。おそらく未来永《えい》劫《ごう》レイチェルのような展開は作ることはできないだろう。

その上極々真剣な面持ちで、術式に紛らせて可愛いからという理由だけでお花のアップリケ、しかも香りつきを縫い取るときたものだ。さっぱりわけがわからない。

だが成功したのだ。

これ以上ないほど見事な結果を叩き出した。

レイチェルが見ている世界が見てみたい。

魔術士として、そして一人の男としてのゾイドの願いだ。

その瞳に映る街は、世界は、自分の見てきた全てとどう違うのか、そしてそれはきっとレイチェルの魔術のように、優しくて、温かいものなのではないか。

そうゾイドは思ったのだ。


レイチェルは何を欲しがってくれるのか。

少しの期待をもってこの通りにレイチェルを連れてきたのだが、レイチェルはスタスタと小径《こみち》に入っていくと、高級サロン街のウインドウには全く目もくれずに、露店の並ぶ広場に足を進めた。

そして小さな店に入っては、スプーン四本や角砂糖一袋、リボン一巻きに途中の屋台で見つけた子熊の置き物、こまごました物を買い求めて、満足そうにしていたのだ。

「……レイチェル、サロンや宝飾店はいいのですか？　何か私に強請ってくれると嬉しいのですが……」

今日は一切口は出さないつもりだったが、道端で、今が旬の旨《うま》そうな茄子《なす》を手に取り出したレイチェルを見て、たまりかねて言ってしまう。欲しがるものは全て買ってやるつもりだったのに、茄子……。

この困った男は、今日はレイチェルと恋人同士のような一日を送りたかったのだ。

色々贅沢な品を恋人に与えて、女を満足させてやるのが上級貴族の男達の作法だ。レイチェルは何も欲しがらないので、どうやってこの娘を恋人として満足させたら良いか、ゾイドは戸惑い、不安になる。

「あら、ゾイド様、嬉しいです！　ではあれを買ってくださいませ！」

指をさした先には、メリルの鉢植えがあった。

「……貴女が望むなら、メリルの丘を求めて貴女に贈りましょう。どうか、何か私に求めてください」

裏の含みのある会話をする娘では絶対にないのではあるが、ゾイドは言外の意味を読み取ろうと、癖で頭を巡らせてしまう。メリルの丘は高級住宅地の一角にある、風光明媚《ふうこうめいび》な丘だ。

「あら！　あの丘は皆のものですわ。私は鉢植えがあれば十分ですのよ」

何を馬鹿《ばか》なことを言っているのかしらといった具合で、カラカラと笑ってゾイドを促す。そういえばレイチェルの実家のメリルの花の庭も、鉢植えから三十年かけて大きくしたとかいう話を子爵から聞いたような気がする。

ゾイドが店先に並べて置いてある小さなメリルの鉢植えをレイチェルに贈ると、それはそれは可愛い笑顔でありがとう、と言ってまたスタスタ今度は屋台で妙な食べ物を買ってきて、ゾイドにお礼だと言って渡した。

何の肉かよくわからない肉の串焼きだったが、旨かった。

その後も、大道芸の火を吹く男に思わず氷の魔術を浴びせてしまったり、レイチェルが欲しがるから買ってみた南国の果物の食べ方がさっぱりわからなくてレイチェルに大笑いされたり、道端でチェスで賭けをしている男達を負かして、酒を奢《おご》ってもらってレイチェルに呆れられたり。

いつも完璧な貴公子であるゾイドは、まるで今日は驚くほど駄目男で、レイチェルは一日中、そんなゾイドの横で屈託なく笑っていてくれた。

鍋だの糸だの、揚げ菓子だの、レイチェルの購入したガラクタでいっぱいになった手提げの荷物を下男のように持ってやり、ゾイドは心から幸せだった。

✣✣✣

秋が深さを増して、木々の色どりが鮮やかさを増してきた。女神に秋の実りの感謝を捧げる、収穫祭はもうすぐだ。

「本当にジジって下手くそね！　ポーション作りと基本あんま変わんないわよ。きっちり真っ直ぐ縫う！　そこはみ出てる！　やり直し！」

今日は偉そうにレイチェルがジジに刺繍を教えているのだ。

ジジはレイチェルが一軒家に引っ越してより、これ幸いにと入り浸《びた》っているのだが、レイチェルもジジをコキ使って、この筋金入りの令嬢に皿を洗わせたり、こうやって手芸を手伝わせたり、なかなかしっかりしている。

レイチェルは、毎年城下町の孤児院の子供達の収穫祭の晴れ着を一人で担当しているのだが、今年は全部で十七人分もの用意がいるのだ。せっかくレイチェルの家に入り浸っている大公令嬢がそこらへんでぶらぶらしているのだ。手伝いをさせない手はない。

「あー、こういうのは向き不向きがあるのよ！　てか、ええっと『ジョンのこの先の人生幸多かれ』……誰？　ジョンって？」

流石のジジは、レイチェルが作りあげたアストリア王国建国以前の古語で書かれた陣をいとも簡単に読み取る。

これは祝福の陣。星まで続くツタの葉の紋に祝辞を載せて、優しい守護をかけている。でもこの高度な魔術を施しているのは、安物の緑の布でできた子供用のパンツのポケット。ジジは一番簡単な古語の部分の縫い取りを手伝わさせられているのだ。

「ジョンはね、最近孤児院入りした男の子なの。まだ会ったことないのだけど、馬車の事故でご両親が女神の元に旅立ったんだって」

「え、会ったこともない子なの？　ねえ、思ってたんだけどなんだってあんた、十七人分も全員自分で縫って、全部に祝福の祈祷まで入れてるの？　何でそもそもこんな面倒くさいこと始めたわけ？」

ジジは驚きを隠せないとばかりに、レイチェルに質問を投げる。ジジの疑問も当然だ。十七人分の晴れ着を一人で用意するだけでも大変な労力の上、レイチェルが一人一人の晴れ着に施している魔術は、神官が儀式の際に、貴族の子弟に与えるような、実に格式の高い祝福の魔術だ。見知らぬ子供にホイホイと与えるような種類のものではない。

レイチェルは針を動かす手を止めずに、ジジに答えた。

「えっとねえ、昔収穫祭の日に、お父様とお姉様と神殿に行った時にね、収穫祭の晴れ着じゃなくて普通の服を着て来ている子供達の集団に会ったの。それで私、お父様にどうしてあの子達は晴れ着を着ていないのかって聞いたの。そしたら、お父様は、あの子達は孤児院からやってきた子供達で、孤児院の子供には、収穫祭に女神様にお会いするための晴れ着を用意して、女神様に幸せを祈ってくれるご両親がいないからだよ、って。そうおっしゃって」

レイチェルは糸の端を処理しながら、続ける。

「私はそれは大変だわって、とてもビックリしてしまって。だったら、私があの子たちのご両親に代わって、あの子たちに収穫祭の晴れ着を用意して、あの子達の幸せを女神様にお願いしたらいいじゃないって。きっかけはそんな感じ。ただそれだけよ。別に大した理由じゃないわ」

最初は五人だけだったのだけれども、どんどん子供の数が増えて、今年は十七人もいて結構大変なのよ。レイチェルはそう言った。

結構大変どころか、ジジからすると、とんでもない大仕事なのだが、レイチェルは当たり前のことを、ただ当たり前にしているといった体で実に淡々としている。

黙ってレイチェルの話を聞いていたジジは、じっと手元を見直した。

(ご両親に代わって、女神にお願いか……)

レイチェルは辛辣にダメ出しをするけれど、ジジも大公令嬢だ。手芸は下手ではない。

ジジはレイチェルに舌を出すと、この安い布に丁寧に、縫い取りを始めた。

「ジョンの、この先の人生幸多かれ」

レイチェルは鍋つかみをしてオーブンに手を突っ込み、パイの焼き加減を確認する。

レイチェルは料理はあまり得意ではないが、パイだけはとても上手に焼ける。今日もパイをダシにして、ジジに刺繍を手伝ってもらう約束をしていたのだ。

虎を象《かたど》った鍋つかみは、ゾイドと町歩きした際に選んでもらったものだ。手を開いたら虎の口がパックリ開いているように見えて可愛い。

戸惑いながらも一生懸命レイチェルの庶民的なお買い物に真摯に付き合ってくれたゾイドのことを思い出す。

きっと鍋つかみが虎の形だろうが、ワニの形だろうが、ゾイドにとっては心底どうでも良かったはずだ。

でも、ああでもないこうでもないと、一緒に選んだ鍋つかみは、レイチェルの大切な宝物になった。

鍋つかみを愛おしそうに眺めながら、レイチェルは急なゾイドとの町歩きの日のことを思い出す。

(ゾイド様って、本当に可愛らしいお方)

レイチェルはあの町歩きの日まで、魔術の話こそ合うけれども、ゾイドはやはり天上の貴人で、レイチェルには何一つ、ゾイドと釣り合うところも理解し合えるところもあるとは、これっぽっちも思っていなかった。

実際に王家と並ぶほどの大貴族・魔法伯爵家の嫡男で、第二王子の側近であるゾイドと、ほぼ平民の、引きこもりの子爵令嬢であるレイチェルとは、生まれも育ちも、何もかもが異なる。

（そうだというのに）

くすりと思わずレイチェルの顔に笑みがこぼれ出る。

（私のことを、知ろうとしてくださって。私が生きている世界を、一生懸命理解しようとしてくださって）

ゾイドは、レイチェルのことを知りたい、レイチェルの生きている世界を見てみたい。そう言って、レイチェルの隣で、戸惑いながらも一緒にあの日を、一生懸命に楽しんでくれた。

手品師の男の仕掛けをうっかり一瞬で看破して、その男から弟子入りを志願されてしまったり。庶民の菓子など見たことがなかったのだろうか、せっかくの綿菓子に毒消しの魔術を浴びせて、シナシナにしてしまってションボリしたり。屋台のくじ引きで、ムキになって二十回もくじを引いて、レイチェルが欲しがった、三等賞の針山を当ててくれたり。そして当たりが出たら出たで、今度は子供のように大喜びしてくれたり。

何をさせても完璧な天上の貴人だとばかり思っていたお人の、案外世間知らずなところや子供っぽい一面を知って、レイチェルはとても、とても嬉しかったのだ。そして、レイチェルの生きる小さな世界に尊敬を払ってくれたこと、共にあろうとしてくれたこと。

あの日のことを思うたびに、レイチェルの心はじんわりと温かいもので満たされる。

オーブンから良い香りがしてきた。

「あ、いい感じに焼けてる！　キリのいいところで食べましょう！　ジジがいると太らなくって助かっちゃう！」


王都は収穫祭の準備でどの家も大変多忙な時期だ。

今年は厳戒態勢の中での収穫祭となるので、警備の担当は非常に神経をすり減らしている。

特に最終日の仮面舞踏会の警備については、不審者の侵入を易くすることから、開催が最後まで危ぶまれていたが、ようやく議会の承認が下りた。

相変わらずゾイドは多忙を極めていた。

レイチェルと町歩きをしたその翌日にはまた緊迫した状況にある聖地の偵察に行き、その後は内外に発見されるアストリア王国への魔法攻撃の痕跡を確認、分析して相応の対処を行う。

レイチェルとの城下町でのひとときは、多忙なゾイドの心を温め続けていた。

ロバの引く、ワラを載せた荷台の後ろに乗せてもらってガタゴト運ばれて、レイチェルに教えてもらった流行りの歌を一緒に歌いながら王宮の入り口までの道の、実に楽しかったこと。レイチェルの新居の小さな窓を飾るメリルの鉢植えの、誇らしかったこと。色づき始めた空を一緒に眺めて見つけた月の、美しかったこと。

おそらく、間違いなく、ゾイドの人生で一番幸せな日だったと言いきれた。

「で、メリルの鉢を贈って終わりって、お前男として見られてないいんじゃないのか？」

執務室で報告を受けていたルイスは呆れて言った。

レイチェルの外出許可を毟《むし》り取る際にルイスにかなりの協力を依頼したのだ。ルイスはぶつぶつ言いながらも、町歩きの詳細を報告することを条件に承諾して協力してくれた。

ゾイドは多幸感で満たされて、実にご機嫌だが、話をよく聞けば二人の仲は何一つ進展していない。どこの子供の逢引《あいび》きかと、呆れて物が言えない。この男は確か王都で一番の色男だったはずだ。

「ルイス、真実の愛を知った者には、くだらない小手先の駆け引きなど愚かしいことは必要ないのですよ」

淡々とアホらしい惚気《のろけ》を表情も変えずに放つが、どうもレイチェルの思いとゾイドの思いの熱量が一致していないような気がする。が、まあ放っておこう。

「『石』の乙女の存在はバレているが、やっこさんはまだどの娘がそれになるのか、探りを入れている状態だそうだ。レイチェル嬢はそもそも引きこもりみたいな生活してたし、身分はほとんど平民だから、正体がバレるまでかなり時間稼ぎになるな」

「腹立たしいですが、騎士団の駐屯所にレイチェルを居住させているのは、防犯上最高の決断ですね」

ゾイドが舌打ちしながらそう言った。

本当ならレイチェルを自身の館に招いて、一緒にまたあの流行りの歌を歌って、暖炉の前でレイチェルの好物だというチョコレートをつまんで、というのがゾイドはしたかったのだ。

ローランドが口を挟む。

「姉の所にまで探りが入りました。もう降嫁している神殿の乙女のところまで来ているということは、連中も相当焦っていますね。この分では私の母の元にも探りが入るかもしれませんね」

ローランドの家は、母も姉も神殿の乙女を務めていた名門一族である。

当時名高い神殿の乙女であったローランドの母の降嫁を王に願い、塔に登って年明けの鐘を三日も鳴らし続けた可愛い逸話があるローランドの父は、妻譲りの美貌と魔力の子供達が大変な誇りなのだった。

「レイチェル嬢といえば、収穫祭の外出許可は出るのでしょうか？　毎年城下町の孤児院の子供達の収穫祭の晴れ着は、レイチェル嬢が担当していると聞いていますが」

ローランドの急な質問に、ゾイドの心臓が止まる。

レイチェルがそんなことをしているなどと、聞いたこともない。

たった一日を、城下町で一緒の時を過ごしただけで、レイチェルの全てを知った気になっていたゾイドは、魔術に囚《とら》われたように、その場から動けなくなってしまった。

「貴族令嬢が孤児院に慰問やら寄付をすることはよくあることだけど、実際二十人近くもいる子供の晴れ着を一人で担当するとなると、ちょっとやそっとの労力じゃないよな」

ルイスがそう返した。

どうやらルイスも、ローランドもとっくに知っている話らしい。

ローランドもニコニコ、そうですね、何年も偉いですよねと相槌《あいづち》を打っている。

「流石に収穫祭に参加するのは難しいけど、レイチェル嬢は子供達の晴れ着はもう仕上げて送っていて、最近新しく入ってきた子のだけ、今取り組み中だとか。明日俺の部下が届けてやるって言ったな。ともかく王宮からは出さない方がいい。今年はレイチェル嬢は可哀想《かわいそう》だが、実家にも帰らせてやれないな」

ゾイドは何も、何一つレイチェルからそんな話は聞いていない。他の貴婦人達であればこぞって心お優しい令嬢の演出に、会話の端々に孤児院の慰問話を導入するだろう。

あの地味な娘は、追いかけても追いかけても腕の中からすり抜けていくようだ。

ゾイドは今日何回目かのため息をついた。

エピローグ

女神に祈りが通じたのであろう。収穫祭の週は素晴らしい晴天に恵まれた。

木々は赤く、黄色く色づき、リス達は冬支度に忙しい。

楽団が高らかにトランペットの音色を町中に響かせ、国王代理の第一王子夫妻が、王宮のバルコニーから手を振り、それを合図に収穫の祭りは始まった。

祭りにはいろんな国から商人がやってきて、あれやこれやと行商し、市場は大変な活気をみせる。

外国に行っている者もこの祭りの時期に家族に会いに国に戻るし、田舎《いなか》に実家がある者は、王都の土産《みやげ》を持って家族の元に帰るのだ。

夜になるとあちこちに灯《あか》りが灯《とも》り、晴れ着を着て、仮面をつけた男や女が、愛を探しに街に繰り出す。

この祭りが終わると、アストリア王国も本格的に冬支度が始まる。

(流石《さすが》にお祭りも行けないなんて沈むわ……)

こんな日にカビ臭い塔に籠もって仕事をしているのは、レイチェルと、研究室のご老体魔術士ばかりだ。ご老体達もさっさと酒盛りを始めてしまったので、実際に塔で仕事をしているのはレイチェルくらいだ。

ジジも東の行商が持ってくる干した葡萄《ぶどう》を使った焼き菓子を求めに、今日はさっさと早退したし、麗《うるわ》しのゾイド様は数日前から王都の警備に駆り出されている。もういくつかの侵入者が使った侵入経路と思わしき陣が発見されていることもあり、王宮の警備は相当の厳戒態勢にある。

今日は久しぶりに誰からの依頼もないので、ゆっくり新居となった自宅のための手芸をしているのだ。

ルイスが手配した、レイチェルの新居となった元家政婦寮だった建物は、小さな農家の家を改築したものらしく、とても見た目が可愛《かわい》らしい。その上、生活に必要なものはなんでも揃《そろ》っていた。

レイチェル一人で生きてゆくにはほぼ理想的だったが、厄介なのは、警備と称して入り口に門番がおり、どこに行くにも報告と承認が必要となる。その手間を考えるだけで、レイチェルはもう、じっと家にいてしまいたくなるのだ。

幸い、小さい庭もあり、井戸も台所もあるので、家から一歩も出ないでも生きていける。文句はないのだが、流石にお祭りくらいは覗《のぞ》きたかった。

一人で静かに針を進める。

運針の音だけが、この静まりかえった塔の中で時を刻んでいた。

どれくらいの時間が経《た》っただろうか。

レイチェルの研究室のドアをノックする音が聞こえた。

「ご機嫌はいかがですか？　レイチェル」

相変わらずレイチェルの返事を待たずにギギギ、と重いドアが開く。

ヒョイと麗しい笑顔を見せたのは、市内の見回りに行ったはずの、美しい己の婚約者だ。

「ゾイド様！」

レイチェルは思わず駆け出してしまった。

嬉《うれ》しい。嬉しい。嬉しい！

「お会いしたかったですわ！　お祭りは今年はどんな感じですの？」

ゾイドはクシャクシャと、レイチェルの頭を子供のように撫《な》でると言った。

「今年は例年になく行商が多いですね。面白《おもしろ》い品をあれやこれやと持ってきていました。今年目新しかったのは、手のひらの上でグルグル歩く、インコの玩具が子供に人気でした」

ゾイドはとろけるような甘い瞳をレイチェルに向けた。

しっかりとレイチェルの両の手を包み込むと、その小さな白い手の甲に口づけを落とす。

「……レイチェル、嬉しいですか、私に会えて……？」

「もちろんですわ！　今日ご一緒にお祭りに行けなかったの、残念です。あ、ゾイド様でもお仕事はよろしいんですの？　収穫祭が終わるまでは厳戒態勢の警備だって、ルイス様が」

「……研究室に書類を取りに戻っただけで、実はすぐに持ち場に戻らなくてはいけません。でも少しでも貴女《あなた》の可愛らしい顔が見たくて」

（こ、このお方はそういうことを本当――にさらっとおっしゃるから、一緒にいると心臓が持たないわ……だめよレイチェル、ゾイド様のお言葉を全部真に受けてしまっては、あとが大変よ!!）

レイチェルが赤い顔をして口をパクパクしているのを微笑《ほほえ》ましげに見ていたゾイドは、思い出したようにポケットの中を探った。

「そうそう、孤児院の院長から手紙を預かってきています。院長からは、ジョンの晴れ着はぴったりだった、との言付けも預かってきましたよ」

孤児院は街道から王宮に入る門のすぐ近くにある。

微小ながらも妙な魔力が街道の門近くに感じられると、今日門近くの警備を担当していた上級魔術士から報告があったのだ。

すぐにゾイドが魔力の派生先を探ると、可愛らしい二十人ほどの子供達が、お揃いの緑色の収穫祭の晴れ着を着ていた孤児院の庭に当たった。

妙な魔力は子供達の晴れ着からだった。

走り回る子供達を集めて一人一人よく見てみると、皆ポケットやベルトのところに術式がやんわりと、目立たぬ緑の糸で縫い取られていた。どの術式も、子供の成長を祈り、悪霊を寄せつけぬように、というささやかな、しかし強い術式だ。子供の名前が術式の中で一つ一つに縫い取られている、貴族の子弟が神殿に奉納する祝詞《のりと》と同じ質の高さだった。

ゾイドは笑いそうになってしまった。

(レイチェルの仕業だ)

先日のルイスとローランドの会話を思い出していた。ここが例の孤児院なのだろう。思わぬ貴人の訪れに驚いた院長は、子供達をこれから神殿に連れていき、女神の祝福を願うことと、この晴れ着は、さるご令嬢が毎年寄付しているものであることを告げた。

『……レイチェル・ジーン子爵令嬢から、ですね』

『驚きましたね、ジーン子爵令嬢はなかなか屋敷からお出にならないので、お名前をご存知の方も珍しいのですよ。なかなか手先の器用な方で、よく細かい物を作っては子供達にくださるのですよ』

院長が指差した先には子供達の寮に使われている建物があった。

建物全体に、温かい魔力が渦巻いているのが感じられた。

大方子供に与えた小物にも、同じように祈りの術式を展開しているのだろうが、どうやら院長は何も知らないらしい。

ゾイドはあれこれと施設の話をする院長の話を聴きながら、茶色いそばかすの散らばった、レイチェルの可憐《かれん》な笑顔を思いうかべていた。

(私は……人生の中で、見知らぬ子供のために女神に祈ったことはあるだろうか？)

なぜあんな高等魔術を、惜しげもなく親のない子に与えてやれるのだろう？

子供は与えられたことを知りもしないのに。

（……私の人生には、私のために、私の知らないところで、女神に祈りを捧《ささ》げてくれた人は、いたのだろうか？）

人の良さそうな院長は、ゾイドがレイチェルと知り合いだと知ると、書き付けを手渡して、ジョンの服はちょうど良かったと伝えてほしい、と言った。

ゾイドは院長に挨拶《あいさつ》をした後、どうしてもレイチェルに会いたくなって、馬を急がせたのだ。

「……レイチェル、本当に名残《なごり》惜しいが、行かなくてはいけない……」

赤い瞳は申し訳なさそうにレイチェルに言った。

当然だ。ゾイドは完全に責務をほったらかして婚約者に逢《あ》いに来ているのだ。ばれたら懲罰モノだ。

「そうなんですね、残念です！　お帰りになったら、またお祭りの様子をお知らせくださいまし」

どうせもうすぐジジも祭りに飽きて帰ってくるだろう。レイチェルは残念そうではあったが、あっさりとした返事をゾイドに返した。

ゾイドは何か言いたげにレイチェルの肩に手をやった。

「レイチェル」

「はい？」

赤い瞳が揺れていた。

「私が貴女に神殿で言った言葉を覚えていますか？」

(爆弾が来た！)

レイチェルは心にしっかり鍵をして、そのことは考えないようにしていたのだ！

ええええええ、もちろん覚えていますとも！

グッとレイチェルの肩を掴《つか》んでいた手に力を入れると、ゾイドはそっと囁《ささや》いた。

「……私を見てほしい……君の瞳に私を映してほしいんだ……」

「ゾゾゾゾイド様！　見てます！　見てますってば！」

ゾイドはレイチェルの言うことなど聞いちゃいない。始まってしまったらしい。

これはもうお手上げだ。

「貴女のその瞳に映る全《すべ》てが私であってほしい。その心を満たす全てが、私であってほしい」

ゾイドはレイチェルを優しく抱き寄せると、静かに続けた。

「あの日から、貴女のことを考えない時は一刻もない。貴女があのドレスを纏《まと》って私の前に現れたその日から、世界の全てに色がついて見えるようになった。貴女と出会うその日まで、私は灰色の世界で、一人生きていた。貴女の瞳に映る世界は、とても美しくて光に満ちていて、私は生まれて初めて、生きる喜びを知った」

噛《か》み締めるように、一言、一言。真《ま》っ直《す》ぐな言葉がレイチェルの心に突き刺さる。

そして震える声で、言った。

「レイチェル、私は貴女を愛している。私のこれからの人生、貴女に、私の隣にいてほしい」

柔らかな感触が唇を覆った。

ゾイドの大きな影とレイチェルの頼りない影が、一つになった。

カーテンが揺れる。


どのくらいの時間が経ったのだろう。

「ゾイド様。こちらにおいでですか」

「……今行く」

外でゾイドの部下がゾイドを探している声が聞こえた。

ゾイドは一つ口づけをレイチェルの額に落とすと、静かに部屋を退出した。

(えええええ……息、息の仕方！　息！　吸って！　はく！　はく！)

心臓がうるさい。息の仕方すら思い出せない。体が震える。レイチェルの生まれてから今まで生きていた世界が、くらりと急に別の艶やかな何かへと姿を変える。

(ゾイド様、私、私……)

気が遠くなる。目がチカチカする。乱れる息を、抑えることができない。

レイチェルの胸に、ずっと、ずっと結晶のように宿り続けていたゾイドへの思いは、たった今、その名を告げようとしていた。

一人残されたレイチェルは、燃える頬を両手で押さえて立ち尽くしていた。

番外編　恋の入り口

今日も今日とて、執務室は爆笑の渦だ。

ジーク・ド・アストリア第二王子の責務は非常に重い。王国の軍務の責任者、王位継承権第二位としての政治の責務、その高い能力で、さまざまな国内の政務の重責を担っており、常に静謐《せいひつ》の中、執務室ではその側近と粛々と職務が行われている。……はずなのだが。

「ぎゃーっはっはっは！　あのご令嬢は本当に！　笑わせて！　くれる！」

ジッタンバッタンと、腹がちぎれる、もう勘弁してくれと大笑いしているのはジークの側近のルイス。レイチェルの報告書は、いつも突拍子もないような報告事項で溢《あふ》れており、読み手を笑わせてくれるのだ。

今日の報告書の爆笑ネタは、レイチェルが昨年転んで頭を打った際に医者にかかった際の診断内容に関するもの。

どうやらレイチェルは、滑りの良くなる術式を施した靴をはいて外に出て、家の前の道で、後ろに転んで、頭を打ったらしい。医者の診断書には、『転倒による後頭部の強打、転倒理由は不可解』とあった。

「不可解。不可解って、なんだよ」

ひーひーと笑うルイスを後目《しりめ》に、いつもそんな報告書を、ちょっと自慢気な顔して一緒に楽しんでいるはずのゾイドは、今日は無反応だ。

本日、ゾイドは大変機嫌が悪い。

ゾイドは今日はどうも、何もかもに、何かが足りない気がして、気分が落ち着かないのだ。いつものお茶を飲んでも味が薄い気がするし、難しい案件が片付いても、なんだか面白くない。

「……お前、今日はずーっと機嫌悪いな」

「殿下。そうでしょうか」

ついにはジークにまで指摘されてしまった。ゾイドも言われるまでもなく、自分の機嫌が悪いという自覚はある。だが今日はどうしても、気持ちが浮かないのだ。

「殿下、こいつ昨日、しばらくレイチェル嬢に遊びに来るなって言われてから、ずっと機嫌が悪いんですよ、ゾイドお前、自分の顔、今日は鏡で見たのか？　ひどい顔してるぞ」

ルイスがニヤニヤしながらゾイドに言った。

「来るな、など言われていない。数日は忙しいと、言われただけだ」

そして憮然《ぶぜん》とルイスの手から、ルイスの食べかけのマドレーヌを奪って己の口に放り込んだ。

久しぶりにレイチェルに、外出の予定ができたのだ。

引きこもり令嬢にしては大変珍しいことなのだが、今日がレイチェルの姉の誕生日だとかで、姉の夫が、妻に秘密で妹のレイチェルを王都から少し離れたウィリアムズバーグ領の新居に呼んだのだとか。

外出の理由としては非常に微笑《ほほえ》ましいし、仲の良い家族で実に良いと思うのだが、ゾイドはなぜか、どうも胸がムカムカするのだ。

「今日は一体なぜこんなにも気分が悪いのか、自分でも理由が掴《つか》めなくて困惑している」

ゾイドは不貞腐《ふてくさ》れてそう言った。

感情の薄いゾイドが、機嫌が悪くなることなど非常に珍しい。そんなゾイドが、イライラの理由が自分でもわからないといって困惑しているのだから、ルイスは少し心配になる。

「そういう時は、必ず要因があるものだ。いつから機嫌が悪くなったのか、何がきっかけだったのか、朝から振り返ってみろ」

ルイスはそう、情緒の育っていない子供に言い聞かせるように、ゾイドの傍らで剣の手入れをしながら言った。

ゾイドはそういうものか、と素直にしばらく考えて、それから思い至った様子だ。

「……朝、噴水広場の近くを通りかかった時に、レイチェルの乗った馬車を見かけた。おそらく、そこからだ」

剣を拭う布を手にしていたルイスの手は、ぴたりと止まった。

「レイチェルは、義兄と一緒の馬車に乗っていた。あの男に、私も見たことがないような、実に大きな笑顔を見せていた。二人の笑顔を見たら、なぜかムカムカして、あの義兄という男が、いやに整った顔をしていたことにも不快感があった。それから、あの男が気安くレイチェル嬢の頭をポンポンと触っていたのが、気に障った。そうだ、そこからだ。そこからずっと、不愉快な気持ちが続いている」

その風景を思い出したのか、ゾイドはトントン、と不機嫌そうに机を指で叩いた。

はー、と、心配して損したとばかりに大きくため息をつくと、ルイスは手にしていた布をゾイドの顔に投げた。

「お前、それはただその義兄とやらに、お前が嫉妬してるだけじゃねえか！」

「嫉妬？　なぜ私がレイチェル嬢の義兄に嫉妬なぞする。あの男はレイチェル嬢の姉の夫で、恋愛結婚だと子爵は言っていたし、あの馬車も、レイチェル嬢を妻の誕生会に招待するための迎えの馬車だ。どこに嫉妬などする要素がある」

憮然とゾイドは投げられた布を掴んだ。

ルイスは続ける。

「お前あの子のこと、気に入ってただろう？　面白い娘だとは思うけど、世間からしたら別に美人でもないし機知に富んでるわけでもない、魔術以外は普通の娘だ。だというのにお前の中で、理屈じゃ説明つかない感情が湧《わ》いてきて、心がこうも揺さぶられるとしたら、理由なんか普通に考えて、たった一つだろう」

ジークまで、少し笑ってゾイドに諭すように言った。

「地味だが気になっていた娘が、自分の与《あずか》り知らないところで、可愛《かわい》い笑顔を他の男に見せていたということか。それは例えそれが義兄相手でも、不愉快になるわけだな」

ジークもルイスも、このゾイドの不機嫌の理由に納得がいっているらしい。

ゾイドはさっぱりわからないという顔をしたが、意外な部分でジークに反論した。

「あの方、華やかでこそありませんが、好ましい方です。それによく見ると可愛らしいですよ」

そして淡々と続けた。

「可愛い大きな瞳をしています。あの瞳で、人の瞳を恐れずに、真っ直《まっす》ぐに見る部分は好ましいですね、こちらがたじろぐほどです。だというのに、何か疑問があると、子供のように顔をこてん、と傾ける癖があるのですが、これが可愛くて」

レイチェルの顔を思い出したのか、ゆっくりと口角が上がる。

「へえ。意外だな。気性も穏やかな、控え目な娘だから、ゾイドには物足りないかと思っていたが」

ジークは純粋に興味を持って、質問を投げかけてみた。

実際に、今までゾイドが気まぐれ以上の関心を示した娘はいない。ましてやレイチェルは魔術以外は、特徴のない、控えめな性格の地味令嬢。すぐにゾイドは物足りなくなるだろうと踏んでいたのだ。

「控えめな性格も好ましいですよ。それにとても心が優しいところも。子供が転んで泣いているところを見ても、もらい泣きをしてしまうんですよ、あの方」

ふ、とレイチェルのもらい泣きを思い出したのか、ゾイドは優しい顔をした。

「心がお優しい方なんですよね」

ローランドが微笑む。

「ああ、ローランド。手の冷たい娘は心が暖かいというが、レイチェル嬢はまさにその通りだな。あの方、手がとても小さくて、それからひんやりしていて気持ちがいい。よく私の目の上に手を置いてもらって、直接目を冷やしてもらっている」

「背丈がずいぶん違うので、膝枕して目の上に手を載せてくださった方が収まりが良いのだが、あの方は恥ずかしがり屋でね。まだ願いをかなえてもらっていない。あの恥ずかしがり屋の方が、ちょっと照れて笑ってくれる顔は、実に可愛い。あの顔は誰にも見せたくないと思っている」

いつもはどちらかというと無口だというのに、急に冗長にレイチェルのことを語り出したゾイドに、ローランドまであんぐりと口を開けて、ゾイドの方を見ている。

「それからたまに髪の毛を高く結う髪型もすることがあるが、その時に見えるうなじが細くて綺麗《きれい》だが、あれもあまり人には見せたくないかもしれん」

ローランドのそんな様子など、ゾイドの関心を寄せるところではないらしい。ゾイドは気分が乗ってきて、色々と思い出しながら、今度はジークに向きなおって、再び続けた。

「あんまりウブで、よく私に騙されては怒っていますけど、それも可愛らしいですよ。こないだも、彼女がよそ見をしている間に、口元にチョコレートを持っていったら、うっかり私の手から直接食べてくれて」

「……あー、ご令嬢怒ってなかったか？　恥ずかしがりなんだろ？」

ジークは遠慮がちに言葉を挟んだ。ゾイドは笑いを嚙《か》み殺しながら、

「ええ、ぷりぷりしてましたね。もっとからかってしまいたくなって、時々やりすぎてしまいます。

良くないのはわかっているのですが、あの反応を見るのが楽しくて、やめられないですね」

そして、ほう、っとため息をつくと、遠くの窓の外に視線を移して、誰に言うでもなく呟《つぶや》いた。

「春の陽気の中に咲いている、小さな花のような方です。隣にいると心が和んで、思わず隣でうたた寝したくなります。そういえばあの方、花はなんでも好きだけど、大きな華やかな花よりは、小さな可憐な花の方が好きだと、そう言っていました。まるであの方みたいでしょう」

そこまで言うと、勝手に自分で満足したらしい。まるで今まで何を話していたかなど、さっぱり忘れたかのように、いつもの表情の読めない顔に戻って、淡々と書類に目を通し始めた。

一心に書類に没頭するゾイドの後ろで、三人の貴人は固まったままだ。

(うわ……この重量を一気に惚気《のろけ》られた……)

(あの方、惚気た自覚、一切なさそうですね……赤い氷と呼ばれる孤高の天才が、何を今おっしゃったのか……)

(おいこれ完全に恋の入り口だろ、なんであいつ自分で気がつかない?)

✣✣✣✣

「へくちん!」

「レイチェル、あなた風邪ひいてるの? ダメよ、きちんと温かい格好をしないと」

「はーい」

居間で刺繍《ししゅう》をしながら、ずずっと令嬢らしくないやり方で鼻をすすったレイチェルに、大きなお腹《なか》をかかえたライラは、膝掛けを持っていく。久しぶりに妹の世話ができるのが嬉《うれ》しいらしく、イソイソと、足取りも軽やかだ。

レイチェルがウィリアムズバーグ領のアーロンの館をくぐると、何も聞かされていなかったライラは、もう飛び上がらんばかりにこの来訪を喜んで、涙にくれた。

デビュタントの夜会での妹の大スキャンダルからの婚約については、もちろんライラも耳にしているが、お腹の子に障るからと、アーロンの口づて、父のハロルドの口づてにしか、事の詳細は耳に入れないよう家族は配慮していたのだ。

だが、人の口に戸は立てられない。伝え聞く面白おかしいスキャンダラスな噂《うわさ》に、ライラは心配で幾夜も眠れぬ夜を過ごしていたのだ。

和やかな、家族だけのささやかで暖かなライラの誕生会は終わりを告げ、夜も深くなってきた。

レイチェルは夜の庭に出て、一人で灯《あか》りが煌々《こうこう》と照らされている四阿《あずまや》で、手紙を書いているらしい。

ライラはレイチェルに持っていってあげようと、温かいお茶を台所で用意していた。窓から見えるレイチェルの姿は、まだ少女のごとく可憐だ。レイチェルを眺めながら、ライラは隣にいた夫にため息をついた。

「本当に、あんな地味で引っ込み思案な子が、よりによってあのリンデンバーグ次期魔法伯爵に見染められて婚約だなんて。ありえないわ。なぜあの方がレイチェルと婚約をしようなどと思われたのか、本当のお考えはさっぱりわからないけれど、あんな天上のお方が、レイチェルを妻として慈《いつく》しんで大切にしてくださるなんて、とても思えないのよ、アーロン。もう私心配で」

　こちらは少しばかりは社交界に出入りしていた身。ゾイドのその輝かしい高名も、華やかな女性遍歴も、遠い出来事として耳にはしている。ライラの知るゾイドというお人は、ライラがお近づきになるどころか、視界の端にも入ることはないだろう、天上のお人だ。

　デビュタントを迎えて一応は成人扱いのレイチェルだが、家族の目から見たレイチェルは、ちょっと変わり者で、夢見がちな、ただの地味な女の子。あの高貴な天上人が一目で恋に落ちる要素など、何一つない。きっと何か、ゾイド側の事情があっての婚約だろう。ライラは妹の行く末が心配で胸が張りさけそうになる。

「私もそう思って心配していたのだけどね、案外そうでもなさそうだったよ」

　ライラは、意外な夫の言葉に驚いた。

「アーロン、それどういうこと？」

　ライラの大きなお腹にそっと触れながら、男は優しい笑みを浮かべた。

「噴水広場であの方の馬車をお見かけしたのだけれども、中から私のことを射殺さんばかりの視線で見てきたよ。どうやらね、私が馬車の中で、レイチェルの頭を撫《な》でたのが気に入らなかったらしい」

　おとぎ話のような素敵な恋を経て、この美しい妻を手に入れた男は言った。

「案外、ゾイド様は恋する男のような顔をしていたよ、可愛いライラ。レイチェルは幸せになるかもしれないよ」

夫の言葉が信じられないという、困惑した顔でライラは言った。

「そうだといいのだけれども」

「それに」

そして、にこやかにアーロンは笑った。

「レイチェルの方も、まんざらではなさそうだよ」

一度レイチェルと話してごらんよ、とアーロンは用意したお茶のセットを乗せた銀のトレイを、ライラに持たせた。


どうやらレイチェルは、ちょうど手紙を書き終えたところらしい。

ゆっくりとライラは四阿に近づいて、テーブルにお茶のトレイを置くと、レイチェルの隣に腰掛けた。

「宛先はゾイド様？」

レイチェルは、ちょっと照れたように頷いた。

どうやら二人の仲は悪くはないらしい。桃色の便箋が、初々しい。

「本当にびっくりしたのよ、あなたとゾイド様の婚約。あの方は本当にご高名な方ですもの。レイチェルは、あの美しい方を前に、緊張しないの？」

ライラはようやく初めて、この話をレイチェルに切り出す。

ライラはこの今年の王都の一番のスキャンダルであるこの話題を、レイチェルの口から直接聞くのがとても恐ろしかったのだ。体を硬くしてレイチェルの言葉を待つライラとは裏腹に、レイチェルは姉の胸の内などつゆ知らず、あっけらかんと話した。

「最初は本当に緊張したのよ！　あの方、まるで大理石でできた彫像のように美しいお顔なの。お顔だけでなくて、文字の書き方から歩き方から、何もかもあまりに優雅で、何もかもが完璧で、最初は幻影魔術でできたお人なんじゃないかと思っていたくらいよ」

優雅なゾイドの指の動きを真似《まね》て、カラカラと無邪気に笑う。

ライラはそんなレイチェルの言葉に、拍子抜けしてヘナヘナと体から力が抜ける音がする気がした。そしてやれやれとお菓子を摘《つま》んで、聞いた。

「ねえレイチェル、あなたとゾイド様は仲が良いと、お父様はお手紙でおっしゃっておられたわ。二人でいつもどんなお話をしてるの？」

一体二人に、どんな共通の話題があるのかとライラでなくとも疑問だろう。

「ゾイド様とは魔術の話がとても合うのよ。それから、ゾイド様は私の手芸を気に入ってくださっているの。私の魔術のことをあれほど理解してくださる方なんて他にいないわ！」

ライラは少しホッとした。そうなってくると、今度の心配事は、控え目で奥手なレイチェルの乙女としての気持ちだ。

「そう、よかったわね。それで、急なことだったのだけれど、レイチェルはあの方のことをどう思ってるの？」

レイチェルは少し笑って頷くと、言った。

「お優しい方だと思ってるわ。私が困っている術式があれば、決して放っておいたりせずに、すぐにお知恵を貸してくださるし、専門外の術式でも、あのお忙しい方がすぐに調べて、丁寧《ていねい》に教えてくださるのよ」

「そうなの。とてもお優しい方なのね」

ライラに賛同を得て、嬉しくなったらしいレイチェルは続ける。

「そうなの。それに、いつも私の目をじっと見て、どんなお話でも全部最後までしっかりと聞いてくださるし、私が言うことを決して否定なさらないのよ」

いつもレイチェルの話をハイハイと適当に聞き流していたライラは、ゾイドの方に向かって、心からの礼を言いたくなる。レイチェルの話はいつも理解に苦しむ内容ばかりだったのは、姉のライラが誰よりもよく知っているのだ。

あ、でも、とレイチェルはクスクスと笑う。

「魔術に対してとても誠実で、誇りを持って大変な努力をしていらっしゃるところ、とても尊敬しているのだけれど、何か魔術のことで考えが浮かぶと、誰の話も何も聞かなくなって、お考えに集中してしまわれる癖があるのよ。あんな完璧なお方なのに、面白いでしょ」

「へえ、そうなのね。本当ねえ。他には？」

レイチェルは少し考える。

そして、大きな笑顔を見せて、ライラに言った。

「それからね、ゾイド様と一緒にいると、私、別に何をしていなくても、お風呂に入っている時みたいに心地がいいのよ。ずっと、何のお話をしていなくとも、ゾイド様のお側に一緒にいたいなと思うの」

「あら」

ライラは顔が赤くなってしまった。

レイチェルは案外幸せになるかもしれないよ、と言っていた、夫の言葉がようやく胸にすとんと落ちてきた。

まだ恋ではない。まだ愛でもないけれど。

(少しずつ、芽生えようとしているのね)

ははは、とお茶菓子のおかわりを持って四阿にやってきたアーロンは、赤い顔をした可愛い妻の肩を抱きながら言った。

「言ったろ、ライラ。レイチェルは少しずつ、大人になりつつあるみたいだ。しばらく、見守ってみようか」

「……そうね」

夫婦は、アーロンが新しく持ってきたお菓子に夢中な、二人からするとまだまだ子供のレイチェルを暖かく見つめていた。

✣✣✣

次の日。ジークの執務室。

まだゾイドはイライラがおさまっていない様子。珍しく書類を書き損じて、ぐしゃりと紙を丸め、乱暴に小さな炎の魔術を出して燃やした。

(レイチェルに出会う前まで一体どうやって毎日過ごしていたのか、さっぱり思い出せない)

そして大きなため息をついた。

朝からずっとイライラがつのって、午後も後半になってくると、もうゾイドの頭の中は、レイチェルのことばかりが占める。

いつもなら、今頃子爵家に使いを出して、仕事終わりに少しだけ寄ると伝えている頃だ。

そして、今日はレイチェルに何を持っていこうかと、花を手配したり、焼き菓子を注文したり、何かレイチェルの喜びそうなものはないかと、研究室の机の引き出しの中身をガサゴソと探ってみたりと、色々と考えをめぐらせている頃だ。

溜まっていた稟議《りんぎ》書をまとめていたローランドが、後ろでそんなゾイドの様子をくすくすと笑うのが止められないで、ジークにたしなめられていたが、そのジークの顔も半笑いだ。

執務室のドアを叩く音がした。

ジークが入室を許すと、メイドが届け物を持って入ってきた。

美しい銀のトレイには、桃色の便箋が乗せられていた。

「ゾイド様に、手紙のお届け物がございます」

「どけ」

メイドの前にいたルイスを押し退《の》けて、ゾイドは奪い取るように、銀のトレイから手紙を受け取った。

差出人は、レイチェルの名前だった。

ゾイドは躍る心を抑えて、桃色の紙を開いた。

『お元気にされていますか。お姉様のお誕生日はとても素晴らしかったです。明日、王都に戻ります。次にゾイド様にお会いするときに、お姉様から教えていただいたレシピのクッキーをお出しします。今度こそ上手に焼いてみますので、楽しみにしていてくださいね、お姉様にお会いできてとても楽しいですけれど、ゾイド様がいらっしゃらないのがつまらないです、早くお会いしたいです』

急に、イライラとした気持ちが霧散して、晴れやかな気持ちが胸に広がっていく。

自然に口角が上がる。

明日、レイチェルは王都に帰ってくる。そう書いてあった。

そうしたら、レイチェルの可憐な笑顔を見ながら、あまり菓子作りが上手とは言えないレイチェルの焼いた、結構固めの仕上がりのクッキーを食べながら、どんな土産《みやげ》話が聞けるのだろう。

自分では気がつかないのか、足元も軽やかに執務室を退出していく男の後ろを、友人たちは呆れたように見ていた。

「あいつ、恋してますね」

「そうですね、もう完全に」

「そうだな、いつ自分で気づくだろうな」

あとがき

このお話は、コロナの嵐が吹き荒れていたニューヨークで、まだ幼児だった娘の心と体をどうやって守るかだけを考えて生きていた頃、子供を寝かしつけた後、想像の中では優しい世界に旅したい、と願い創作したお話です。

Moonshineというペンネームは、夜に月がのぼってから、一人ひっそりと小説を書いていた私が、まるでアメリカ禁酒法時代の密造酒の製造者のようだなと、密造酒のスラングであるMoonshineからつけたものでした。

空に浮かぶ月を見ながら、かつて勤務していた美術館で出会った、美しい芸術品や展示物を思い出しながら、空想の世界を旅してレイチェルの物語の世界観を作り上げました。

「あなたは、あなたのままで、素晴らしい」という自己受容をテーマに、誰にも優しい世界を読者の皆さんと作り上げた一年間は、本当に幸せな経験でした。

レイチェルの世界を一緒に作り、作者を励まし応援してくださった読者の皆様に、まずお礼を申し上げます。本当にありがとうございました。レイチェルの物語は、あなたたちの支えなしには決して生まれませんでした。

そして、この場を借りて、私を支え続けてくれた大切な家族にお礼を伝えさせてください。

私の最愛の夫ウィル、結婚してくれてありがとう。私の宝物、娘の鞠子。生まれてきてくれて、ありがとう。

変わり者の私をずっと見守って支えてくれていた兄の慧、弟の翔。あらためて心からの感謝を申し上げます。ありがとう。あなた達の家族で本当に良かった。

そして睦子さん、かおるちゃん、しおちゃん、なつめちゃん、麟太郎、昴。素晴らしいご縁と出会いに恵まれて、私は本当に幸せです。ありがとう。

一迅社の担当様、関係者の皆様、そして素晴らしいイラストを提供してくださったボダックス先生には感謝がつきません。ありがとうございました。

この本を手にとってくださった全ての皆様に心からの感謝を。そして、どうぞ、これからもレイチェルの物語を応援していてください。

あなたは、あなたのままで、素晴らしい。

Moonshine　拝

レイチェル・ジーンは踊《おど》らない

2024年3月5日　初版発行

初出……「レイチェル・ジーンは踊らない」
小説投稿サイト「小説家になろう」で掲載

著者　Moonshine

イラスト　ボダックス

発行者　野内雅宏

発行所　株式会社一迅社
〒160-0022 東京都新宿区新宿3-1-13 京王新宿追分ビル5F
電話　03-5312-7432（編集）
電話　03-5312-6150（販売）
発売元：株式会社講談社（講談社・一迅社）

印刷所・製本　大日本印刷株式会社
ＤＴＰ　株式会社三協美術

装幀　AFTERGLOW

ISBN978-4-7580-9621-8

Printed in JAPAN

おたよりの宛て先
〒160-0022 東京都新宿区新宿3-1-13 京王新宿追分ビル5F
株式会社一迅社　ノベル編集部
Moonshine《ムーンシャイン》 先生・ボダックス 先生